LA ENCRUCIJADA

Alice Hepworth

BC

BAD CREATIV3

BAD CREATIVE BOOKS

Este libro es un trabajo de ficcion. Los nombres, personajes, lugares e incidentes son producto de la imaginación del autor o se utilizan de forma ficticia. Cualquier parecido con hechos reales, lugares o personas, vivas o muertas, es pura coincidencia.

ISBN 9798685173911

OTROS LIBROS DE BADCREATIVE

Banking On Love

The Jaguar King

Bewitching Amelia

Managing Complications In Anesthesia And Critical Care

Tabla de Contenido

<u>Capítulo 1</u>

La vida universitaria es un infierno". Al menos eso fue lo que el hermano mayor de Jonathan le dijo cuándo empezó la universidad. En realidad, era su cuarto día de universidad, pero ya estaba sintiendo lo que la mayoría de los estudiantes de primer año sentirían. Una enfermedad en su estómago. Un cambio repentino en su rutina. Un ambiente desconocido y la necesidad impulsiva de una sensación de normalidad. En resumen, sentía nostalgia.

No tenía que preocuparse, por supuesto. Sus padres y su hermano estaban a sólo una llamada de distancia. Y su hermano hizo un esfuerzo extra para preparar su lado del dormitorio. Su hermano le había ayudado a montar carteles de sus músicos favoritos como Dave Navarro, Black Sabbath, Sabaton, American Head Charge y Katatonia sólo para ayudarle a sentirse más en casa. Aun así, no le ayudó con esa sensación tan familiar de estar lejos de casa. Pero eso no le impidió estudiar. Así que conectó sus auriculares a su teléfono, puso la lista de reproducción a la de Dave Navarro, encendió su lámpara de estudio, tomó sus libros de texto y comenzó a estudiar.

Leyendas culturales y creencias de otras sociedades. Ese era el tema de la conferencia de mañana con el Dr. Lewis. Pensó mientras resaltaba los primeros párrafos del capítulo. Bostezó un poco mientras se preguntaba cómo se aplicaría esto en la vida real. Por otra parte, entender varias leyendas y creencias era algo que todo sociólogo necesitaba saber. Especialmente en la era de los medios sociales y los foros en línea, con historias que sonaban demasiado imposibles de ocurrir realmente.

Oyó que se abría la puerta. Era su compañero de cuarto otra vez. Pensó mientras se concentraba en su libro de texto, leyendo bajo la luz de la lámpara del escritorio mientras escribía notas en su cuaderno. Comprobó la hora en su teléfono. ¡Las 12:00 de la medianoche! ¡Se fue a otra fiesta!

Jonathan se quejó para sí mismo. Sus ojos se estremecieron cuando su compañero de cuarto encendió el interruptor de la luz.

"¡Dios, Dick!" Jonathan se quejó. "¿Crees que puedes dar un aviso cuando enciendes las luces?" Apagó la lámpara de su escritorio, se quitó los auriculares de los oídos y miró a su compañero de habitación, Richard "Dick" Berg, mientras tiraba su camisa sudada en el cesto y caminaba hacia su lado desordenado del dormitorio.

"Oh, hola Jonny". Dick respondió. "No me di cuenta de que estabas estudiando, amigo."

"Pensé que era obvio con mi lámpara de estudio, auriculares y libros abiertos." Jonathan a menudo se preguntaba por qué se alojaba con este estereotipado, un idiota de fraternidad que estaba más interesado en drogarse e ir a fiestas, que en ir a clase.

"Tío, los góticos sois realmente unos aguafiestas". Dick dijo mientras se ponía una camisa del armario, se subió a la cama y empezó a enviar mensajes de texto por teléfono. "Y pensar que eres el hermano menor de Alex Madden. Pensé que serías igual que él".

Sí, como su hermano mayor. Jonathan escuchaba lo mismo una y otra vez. Su hermano mayor, Alex "La estampida" Madden. Famoso mariscal de campo y superestrella universitaria de todos los tiempos. Famoso por sus continuos touchdowns durante su segundo año, y presidente de la prestigiosa fraternidad Sigma Chi. Fue un legado que dejó, pero para Jonathan fue algo con lo que no quería estar asociado. Estaba más contento con ser un académico amante del rock duro, que tenía amor por los videojuegos y la cultura pop. Pero cuando su hermano lo trajo el primer día, estaba claro para todos quién era él.

Ni siquiera le gustaba la idea de que Dick viera a su hermano como un modelo de héroe universitario. Conocía a su hermano mejor que Dick. A pesar de la imagen de deportista de fraternidad, su hermano era tan responsable y dedicado a sus estudios como cualquier otro estudiante. A Jonathan no le importaba mucho la comparación, en realidad. Lo que sí le importaba era que Dick lo llamara un gótico. "Sólo porque escuche rock duro y death metal no significa que sea gótico". Él diría. Pero Dick estaba tan interesado en su teléfono que parecía no oír a Jonathan. Eso estaba bien. Pensó, mientras se ponía los auriculares y volvía a leer su libro de texto.

Había sido su sueño de niño convertirse en un escritor de terror y misterio. Autores como H.P. Lovecraft y Stephen King estaban entre sus favoritos. Sabía que, para ser un buen escritor, necesitaría entender varias leyendas y creencias culturales. Con una comprensión de la interacción social humana, sería capaz de crear historias como sus autores favoritos. Y así, decidió estudiar sociología.

****

Mientras estaba en la escuela secundaria, aplicó a varias universidades, incluyendo la de su hermano, Berkeley. Por suerte, y probablemente a través de una intervención no divina de su hermano, fue aceptado en la Universidad de California, en el Departamento de Sociología de Berkeley. Recordaba haber vuelto a casa de la escuela el día que llegó la carta. Recordó haber visto el sobre blanco con el escudo de la universidad, estampado en la esquina superior derecha. Recordó lo que había sentido cuando vio las palabras "aceptado en el programa de licenciatura del

Departamento de Sociología". Fue como un sueño hecho realidad para él. No perdió tiempo en prepararse para su el primer día. Y ahora, en su cuarto día, sintió que todas esas historias que había escuchado de varios graduados de la universidad estaban empezando a hacerse realidad.

"Serán bombardeados con tareas y conferencias. Dijeron. "Dormir será un lujo para la mayoría de los estudiantes". Aprenderán a amar el café y las bebidas energéticas. Competirás con otros estudiantes". Dijeron. No le importaba a Jonathan realmente. Prefería pasar por la universidad y empezar su carrera. No importaba si la gente lo reconocía como el hermano de Alex Madden. No importaba si tenía un legado que cumplir, por así decirlo. Se rio para sí mismo, mientras pasaba las páginas de su libro de texto.

A la mañana siguiente, Jonathan se despertó y fue al baño. Abrió la ducha y sintió el agua caliente correr sobre su cuerpo. Aunque algunos preferían duchas frías para despertarse, él prefería duchas calientes para calentarse de la fría noche. Pronto salió y se sacó una camisa y pantalones negros limpios. Encontró unos calcetines y se los puso antes de atarse los zapatos. Se dio cuenta de que Dick seguía durmiendo.

"Será mejor que lo despierte". Pensó por un momento mientras buscaba sus libros y los colocaba en su mochila. No. Lo dejaré dormir". Colocó la mochila sobre su hombro y salió de su habitación.

A unos pasos de la puerta, vio a su vecino, el estudiante francés Milo Garnier salir de su habitación. "Bonjour, Milo". Jonathan saludó. "¿Vas a salir a la cafetería a desayunar?"

"Hola, Jon". Milo respondió con su fuerte acento francés. "Oui, voy a tomar un poco de petit dejeuner." Desayuno. Jonathan recordó su francés. Le gustaba Milo. De hecho, Milo Garnier era uno de los pocos estudiantes que no tenía ni idea de quién era su hermano.

****

Lo cual fue una especie de indulto para él. Los dos chicos caminaron hasta el comedor del dormitorio y se pusieron en fila con el resto de los chicos para el desayuno. "Así que, Jon. ¿Estás libre para el sábado?" Milo preguntó mientras les servían su desayuno de panqueques, mermelada, tocino y café.

"Lo siento, Milo". Jonathan dijo. "Tengo una cita con el dentista".

Ah... ¿dolor de muelas?" Milo preguntó

"No, sólo un chequeo de rutina". Jonathan se tocó las mejillas mientras untaba mermelada en sus panqueques.

"C'est la vie" Milo suspiró. "Luejo quizá?"

"Luego". Jonathan no era una persona muy sociable, aunque le gustara Milo. Aun así, estaba algo contento de que Milo lo entendiera. Los dos chicos terminaron su desayuno, salieron de su dormitorio y caminaron hacia los edificios principales del campus.

A Jonathan le gustaba caminar hacia el campus. Le gustaba ver cómo se desarrollaba la vida estudiantil en los terrenos de la universidad. Veía a los estudiantes montando sus bicicletas, los estudiantes reunidos en un círculo, probablemente haciendo alguna actividad en el club o tocando la guitarra, o incluso algunos estudiantes estudiando mientras caminaban. Sin embargo, si había algo que no le gustaba cuando caminaba hacia el campus principal, era el hecho de que pasaba por delante de la Calle Griega. En la medida de lo posible, quería evitar las casas de la fraternidad. Sabía que lo acosarían para que se uniera a sus respectivas fraternidades y era algo inevitable.

"¡Oye!" Escuchó al primer miembro de la fraternidad del día. "Eres el hermano de Alex Madden, ¿verdad? ¿Quieres unirte a nosotros?"

Jonathan caminó tan rápido como pudo; evitando la persistente invitación de cada miembro de la fraternidad. Deseaba que hubiera otra ruta hacia el campus principal, pero por ahora tenía que lidiar con esto. Se dirigió al edificio de Sociología y fue a su primera clase.

Entró en el aula, caminó al fondo de la sala y se sentó en uno de los asientos traseros. Mientras sacaba su cuaderno y su bolígrafo, oyó a un par de chicas sentadas en primera fila chismorreando.

"Cosas típicas de chicas". Pensó para sí mismo. Entonces escuchó a uno de ellos preguntar a los otros. "¿Has oído hablar del ritual de la Dama a Caballo?"

¿La Dama a Caballo? Se repetía a sí mismo. Una de las chicas respondió. "¿Te refieres a ese ritual de adivinación, de concesión de deseos?"

"El mismo". La chica respondió. "¿Conoces esa canción infantil, "Monta un caballo de juguete hasta Banbury Cross'?"

Monta un caballo de juguete en la encrucijada al alba

Para así ver a la Dama en el blanco caballo que cabalga

Anillos en sus dedos, campanillas en sus pulgares

Ella traerá la música no importa en qué lugares

Jonathan conocía esa rima. Su madre a menudo le cantaba eso cuando era pequeño. A menudo pensaba en cómo sería la dama del caballo. Es una bella dama de pelo rubio y ojos verdes. Su madre siempre decía. Lleva ropa y joyas muy bonitas. Tiene campanas en los tobillos que tintinean cuando monta. Se preguntaba por qué estas chicas hablaban de una vieja rima.

"Eso suena tan patético". Una chica dijo. "¿Pero ¿cómo es el juego?"

La chica que abrió el tema dijo en un tono bajo y silencioso. "Se dice que la Dama a Caballo concede deseos y anhelos. Si quieres que un deseo se haga realidad, debes ir a un cruce a medianoche." "¿Un cruce?", repitió otra chica. "¿Como una encrucijada en particular? ¿Tiene que ser un cruce llamado Banbury Cross?"

"No. Cualquier cruce donde haya cuatro direcciones." La chica respondió: "Debes esperar hasta el sexto golpe de medianoche. Es cuando oirás el sonido de las campanas y el golpeteo de las pezuñas. Entonces verás a una hermosa mujer en un caballo blanco cabalgando hacia ti. Tendrá anillos en cada uno de sus dedos y pequeñas campanas en sus tobillos. Te preguntará cuál es tu deseo. Debes decirle un deseo. Entonces te dará uno de sus anillos, y debes guardarlo contigo hasta que tu deseo se cumpla. Una vez que se cumpla, ella volverá y pedirá el anillo otra vez."

"¿Por qué pediría que le devolvieran el anillo?" Una de las chicas preguntó.

"Creo que es como una especie de préstamo". La chica respondió. "Como si nos dejara usar uno de sus amuletos de la suerte para que el deseo se haga realidad".

"¿No pedirá nada?"

"No". La chica se recostó en su asiento. "Pero es muy selectiva con quien concede el deseo."

Mientras las chicas hablaban, Jonathan estaba hojeando su libro de texto. Era la primera vez que oía hablar de un juego ritual de este tipo. Sonaba como uno de esos juegos inventados que leía en Internet; similar al juego del ascensor, el juego de la ventana y por supuesto, el clásico juego de Bloody Mary. Y, aun así, estaba intrigado por esto. Antes de que pudiera decir nada, su profesor entró.

El Dr. Joseph Lewis era un célebre investigador sociológico y cultural que había escrito numerosos artículos y libros; uno de los cuales era el mismo libro que Jonathan estaba leyendo la noche anterior. "Buenos días, clase. Abran sus libros en la página 20, por favor." Dijo mientras bajaba su bolso.

Hubo un sonido colectivo de cremalleras que se abrían y libros que golpeaban las mesas con delicados golpes antes de ser abiertos. El Dr. Lewis había instalado su portátil e hizo que uno de los estudiantes apagara las luces. Un proyector destelló sobre la pizarra blanca. "¿Alguien puede hablarme de los rituales culturales?" preguntó a la clase.

Se levantaron algunas manos. Jonathan mantuvo las suyas a ambos lados. Prefiere escuchar en lugar de participar. Después de todo, le gustaría mucho pasar el semestre sin llamar la atención. El Dr. Lewis eligió a un estudiante. Un tal Sr. Woods. "Los rituales culturales son rituales que tienen un significado para la cultura de un país en particular..." Respondió con un tono de respuesta incierto de "era-lo-correcto". Jonathan se mantuvo reservado mientras escribía en su cuaderno.

"¿Alguien más?" El Dr. Lewis preguntó. Todavía había manos en el aire, pero el Dr. Lewis pudo ver que no estaban seguros de sus respuestas. Entonces vio a un estudiante vestido de negro, sentado en la fila de atrás, mirando su libro de texto con una expresión en blanco y casi aburrida. Pudo ver que la atención del estudiante estaba dividida entre su conferencia y el grupo de chicas sentadas frente a él. "Sr. Madden, ¿le importaría compartir lo que puede describir como rituales culturales?"

Jonathan miró hacia arriba. ¿Por qué lo llamó el Dr. Lewis? No estaba levantando la mano. No estaba ignorando la conferencia.

¿Intentaba montar una escena? ¿Sabe que es el hermano menor de Alex Madden? ¿Qué fue eso? Jonathan suspiró y respondió.

"Rituales culturales". Los rituales por definición, son una secuencia de actos que implican gestos, palabras, objetos o acciones realizadas en un lugar y de acuerdo a una secuencia establecida. "

"Precisamente". El Dr. Lewis dijo. "Eres el hermano menor de Alex, ... ¿verdad?"

Y tenía razón al asumir que conocía a Alex. Jonathan pensó mientras asentía. Y estaba tan cerca de pasar por esta clase sin mencionar que era el hermano menor de Alex. Ahora lo veía; le preguntarían por su hermano, le pedirían que pasara tiempo con él; demonios, incluso querrán pedirle el número de Alex. Pero por alguna razón, el Dr. Lewis no parecía hacer todo lo que había imaginado. Sólo siguió con la conferencia.

"Cultural... Rituales..." El Dr. Lewis dijo que mientras resaltaba las palabras en su presentación virtual. " Por virtud, hay rituales que son bien conocidos entre los miembros de las diferentes culturas. Incluso se puede decir que es parte de la vida cotidiana."

"¿Cómo es eso?" preguntó un estudiante.

"Un buen ejemplo serían las ceremonias japonesas del té". El Dr. Lewis respondió. "Cuando tienen invitados o visitantes, los japoneses realizan ceremonias de té para establecer una profunda conexión entre ellos y la naturaleza. Los pasos como preparar el té, batir el té y servirlo en tazones tienen un profundo significado."

Una mano se alzó el aire. El Dr. Lewis miró. "¿Sí, Sr. Woods?"

"¿Y qué hay de los juegos de leyendas urbanas como Bloody Mary o el Juego del Ascensor?" preguntó "¿Se llamarán rituales culturales?"

"No tienen una raíz cultural distintiva, Sr. Woods." El Dr. Lewis dijo. "Aunque son un tanto conocidos en la sociedad actual, no podemos llamarlos completamente rituales culturales. Son simplemente rituales nacidos del miedo a lo desconocido".

"¿Así que no funcionan?" El estudiante preguntó.

El Dr. Lewis sacudió la cabeza y reanudó su conferencia. Jonathan volvió a escribir notas mientras escuchaba. Luego escuchó a una de las chicas hablar con él. "Oye, ¿eres realmente el hermano de Alex?", preguntó. Jonathan puso los ojos en blanco y esperó a que la clase terminara.

****

Tan pronto como sonó la campana, Jonathan metió su cuaderno y sus libros en su bolso y comenzó a pasar por el pequeño espacio del aula. Luego fue acorralado por las mismas chicas que se sentaron frente a él. "Genial". Pensó para sí mismo. "Sabía que esto iba a pasar".

"Hola". La primera chica habló. "No hemos sido presentados apropiadamente. Me llamo Claire y ellas son mis amigas, Annamarie y Jane. Tú eres... Jonathan, ¿verdad?"

"Sí". Respondió tranquilamente. "Claro. Escucha, tengo que ir a mi próxima clase."

"Sí, estamos en la misma clase." Ella dijo. "¿Quieres que caminemos juntos?"

"No. Quiero ir solo". Respondió mientras se abría paso rápidamente y se marchaba. No le gustaba que estas chicas lo siguieran o caminaran a su lado. Sabía que la única razón por la que estaban interesadas en él era porque era el hermano pequeño de Alex Madden. Se puso los auriculares y empezó a escuchar a Dave Navarro mientras caminaba por el pasillo hacia su siguiente clase.

"Sr. Madden". De repente oyó al Dr. Lewis llamarlo y caminar hacia él. Se detuvo un momento y se quitó los auriculares mientras el Dr. Lewis se paraba frente a él.

¿" Dr. Lewis"? ¿Necesita algo?" Jonathan preguntó, esperando que no escuchara a su hermano siendo mencionado en la conversación.

"No hablas mucho en clase". El Dr. Lewis dijo. "Y me preguntaba qué piensas hacer después de graduarte.

"Bueno..." Jonathan sujetó las correas de su bolsa con fuerza. Tenía... nunca antes le había dicho a nadie lo que quería hacer después de la graduación. Por otra parte, nadie estaba realmente interesado en lo que quería ser en la vida. Estaban más preocupados por Alex y sus muchos logros. Estaban más preocupados por si iba a seguir los pasos de su hermano. "Bueno, Doctor Lewis. Estaba pensando en convertirme en escritor. Así que entender sociología ayudaría mucho".

"Ya veo". El Dr. Lewis dijo, rascándose la barbilla pensativamente. "Es una elección de carrera muy interesante. A diferencia de tu hermano, Alex. ¿Cómo está él?"

"Está bien". Jonathan se encogió de hombros. Esperó a que el Dr. Lewis hiciera que la conversación sobre su hermano fuera aún más profunda. En cualquier momento. Pensó. Pero de alguna manera, el Dr. Lewis no habló mucho sobre Alex después de eso.

"Estoy buscando algunos candidatos para mi programa de pasantías". El Dr. Lewis dijo. "Asistentes de investigación para ser precisos. Y aparte de la asignación y las oportunidades de viaje, tendrán créditos completos para mis estudios de curso. ¿Le interesa?"

"Es interesante". Dijo. "¿Pero por qué me dice esto?" "Me gustó cómo respondiste a mi pregunta en clase". El Dr. Lewis respondió.

"Estaba muy segura de sus respuestas. No dudaste. No veo ese tipo de convicción hoy en día. La mayoría de los estudiantes sólo se concentran en eso para pasar. Pero tú eres diferente". Sacó un pedazo de papel, escribió su correo electrónico y se lo entregó. "Si estás interesado, envíame tu currículum por correo electrónico". Entonces se excusó y se alejó.

Jonathan vio la figura del Dr. Lewis desaparecer lentamente entre la multitud antes de ponerse los auriculares y dirigirse a su siguiente clase.

****

"Oye, ¿ves a ese tipo sentado atrás?" llegó el murmullo de las chicas mientras se susurraban unas a otras.

"¿El de los auriculares?"

"Es el hermano menor de Alex Madden".

" No me digas. Es bastante lindo, ¿no crees?" "Me pregunto si es soltero".

"Mejor, ¿qué pasa si él y su hermano son ambos solteros?" Jonathan aumentó el volumen de su reproductor, mientras alcanzaba otro libro de la pila de libros que sacó de los estantes de la biblioteca. No le gustaba la notoriedad no deseada y ahora esto estaba sucediendo. Incluso mientras estudiaba en la biblioteca, no había forma de escapar a la mirada de las chicas y los chicos de la fraternidad.

A veces desearía no ser aceptado en Berkeley. Pensaba sombríamente para sí mismo. Pero al mismo tiempo, se alegraba de estar allí. Recordaba lo que su hermano decía a menudo. "Sólo sigue con lo que estás haciendo y estarás bien". Caramba, fue fácil para él decirlo. Pensó, cuando de repente, escuchó un ruido seco mientras unos libros golpeaban el suelo a su lado. Miró a su lado y vio a una chica agachada para recogerlos. Se quitó los auriculares, se levantó de la silla y fue a ayudarla. "¿Estás bien?" preguntó

La chica respondió. "Estoy bien. Lo siento, no quise molestarte. Mis manos estaban sudando por llevar todos esos libros."

LIBERTIE, EGALITE, FRATERNITE: La Revolución Francesa y sus consecuencias. Miró los otros títulos. La Joven Reina que lideró un imperio. El resultado de las guerras más importantes del mundo. HITLER Y SUS HIJOS: La verdad detrás de las Juventudes Hitlerianas.

"¿Te especializas en Historia?" Jonathan preguntó.

"Sí". Ella respondió mientras colocaba los libros sobre la mesa.

"Artemis Rosi". Ella extendió su mano.

"Jonathan Madden. Estudiante de sociología." Jonathan respondió agitándola. Se fijó en su brazo. Tenía un tatuaje de la luna creciente con rosas azules. La estudió de pies a cabeza. Tenía el pelo castaño ondulado, la piel oliva y los ojos marrones. Llevaba vaqueros negros, una camisa azul con un estampado del famoso diseño de ondas de Kanagawa y zapatillas. "Tu apellido... eres griega."

"Demasiado notorio, ¿eh?", respondió. "Sí, me enteré el año pasado que mi apellido significaba la flor rosa. Así que decidí añadirlo a mi tatuaje de la luna".

"Déjame adivinar". Jonathan dijo. "¿Un homenaje a tu homónima, la diosa griega de la caza y la luna?"

Artemisa se rio. "Sí, lo mismo. De esa manera, si alguien quiere saber mi nombre, todo lo que tengo que hacer es mostrarles mi tatuaje y dejarlos adivinar." Se rio de su pequeña broma. Jonathan también se rio. Eso fue muy ingenioso. "Oye, espero que no te importe". Ella empezó. "Parece que no quedan más mesas. Entonces, ¿puedo compartir tu mesa?"

"No hay problema". Jonathan dijo. "Aquí, déjame ayudarte con eso". Fue a recoger los últimos libros de ella y los colocó frente a su propia pila. "Oye, no mires ahora. Pero creo que estás siendo observado." Artemisa señaló a un grupo de estudiantes sentados a varias mesas de distancia de su mesa, su mirada completamente dirigida a Jonathan.

Suspiró y dijo mientras se sentaba en la mesa: "Sí, eso pasa".

"Eso es un poco espeluznante". Ella respondió sentada frente a él. "A menos que esté sentado con un matón o una superestrella".

"No exactamente". Se encogió de hombros. "Me pasa esto todo el tiempo por mi hermano".

"¿Tu hermano?" Artemisa repitió levantando una ceja. "¿Por qué, ¿quién es él? ¿Una especie de deportista dominado?"

"Era el mariscal de campo estrella del equipo de fútbol universitario". Respondió, esperando una reacción de Artemisa. Hubo silencio. En cualquier momento. Pensó. Cuando ella no dijo nada, él la miró con una mirada curiosa. ¿Era posible que ella no tuviera ni idea de quién era Alex?

Artemisa lo miró y le preguntó. "¿Todavía está inscrito?" "No, se graduó hace dos años." Jonathan respondió. "Oh. Bueno, bien por él entonces." Comenzó a tamborilear los dedos en los libros. "Entonces, ¿por qué debería importarte eso?"

"No me gusta que se refieran a mí como el hermano de Alex o el hermano de la superestrella del mariscal de campo". Él respondió, explicándole cómo le molestaba cada vez que pasaba por la Calle Griega. Cómo le molestaba cuando las diferentes fraternidades le llamaban para que se uniera a su casa. Cómo las chicas se reían y lo miraban con miradas coquetas. "Para ser honesto, es una especie de... atención no deseada que no necesito".

" Entonces no te preocupes por eso". Artemisa dijo. "Cuanto más lo pienses, más te molestará. Además, estoy seguro de que la sociología es una asignatura bastante difícil y necesitarás toda esa energía para aprobar las asignaturas."

Jonathan se rio. Artemisa fue la primera chica a la que no parecía importarle si era el hermano de Alex o no. De hecho, ella era diferente. "Además", ella continuó tocando la pantalla de su celular. "Cualquier tipo que escuche a Dave Navarro es un tipo bastante interesante". Así que le gustaba la misma música que a él. Jonathan empezaba a sentirse un poco cómodo con Artemisa mientras continuaban sentados en la misma mesa. Cuando llegó el momento de su siguiente clase, Jonathan se levantó y se excusó. Pero no antes de darle a Artemisa su número y su correo electrónico. Después de todo, aparte de su compañero de cuarto, Dick y el vecino Milo, le vendría bien una o dos amigas. Este fue uno de esos momentos en los que se decía a sí mismo que estaba contento de haber sido aceptado en Berkeley.

<u>Capítulo 2</u>

Claire O' Hara se sentó tranquilamente en su escritorio, mirando fijamente la pizarra mientras jugaba con las páginas de su cuaderno y mordisqueaba su bolígrafo. Miraba a los otros estudiantes escribir la conferencia en notas cortas. Qué aburrido, pensó. Miró por encima del hombro y miró al joven vestido completamente de negro; usando auriculares e inclinando su cabeza hacia un lado mientras tomaba notas. Era melancólico, tranquilo y guapo.

Como su hermano mayor.

Al principio no sabía quién era. Pero sólo necesitó un comentario del profesor y finalmente se dio cuenta de quién era. Era un Madden. Específicamente, el hermano menor de Alex Madden. Sus amigos de las clases avanzadas le habían dicho lo popular que era Alex Madden con las otras fraternidades, y lo hábil que era como amante. Se preguntaba si esa afirmación era cierta para su hermano pequeño. Pero cuando se presentó a él después de clase, se encontró con algo que nunca creyó posible.

ÉL NO ESTABA INTERESADO EN ELLA.

¡Esto era completamente nuevo! Nunca antes había sido rechazada por alguien del sexo opuesto. Estaba acostumbrada a conseguir a su hombre. O por lo menos, acostumbrada a conseguir que un hombre se interesara por ella. Pero este hombre era diferente. Y su indiferencia hacia las otras chicas sólo lo hacía deseable.

"Chica". Claire escuchó a su amiga, Yvonne, decir. "Todavía estás embobada con él"

"No puedo evitarlo". Ella suspiró. "Es muy lindo. Dicen que su hermano era tan lindo como cualquier modelo de ropa interior."

"¿Por qué estamos hablando de su hermano de repente?" Su amiga, Anna dijo. "Ya no está inscrito en caso de que lo hayas olvidado".

"Lo sé". Claire dijo. "Pero él es su hermano pequeño. Y si es el hermano de Alex, apuesto a que es bueno en la cama".

"¡¿En serio?!" Yvonne dijo, levantando la ceja. "¿Es todo lo que se te ocurrió?"

"Lo siento". Claire se cruzó de brazos. "Pero toda chica necesita un hombre que la ayude a relajarse después de estudiar."

"Me pregunto quién te dio esa idea". Anna dijo. "Además, te rechazó durante la clase de Lewis. Tal vez ya tiene una novia".

¿Jonathan Madden tiene una novia? Eso era imposible, pensó Claire. No había ninguna inclinación a que tuviera una novia. "Estoy seguro de que se está adaptando a su nuevo entorno". Ella dijo.

"No es un perro, Claire". Yvonne dijo. Claire dejó de lado el comentario de su amiga y centró su atención en la pizarra. Hizo todo lo posible por escuchar la conferencia, pero sus pensamientos estaban todos en Jonathan Madden. Quítale la ropa negra y los auriculares y será un guapo rompecorazones. Ahora, si tan sólo la mirara. Luego escuchó a algunas de las chicas de al lado hablar de una historia muy familiar.

"¿Oíste hablar del estudiante de tercer año de inglés?" "¿El que ganó 50.000 dólares?"

"Sí. Oí que hizo el ritual de la Dama a Caballo y pidió buena suerte y fortuna"

La Dama a Caballo. Claire repetía la frase una y otra vez en su cabeza. La Dama a Caballo que concede deseos. ¿No le estaba diciendo esto a sus amigos hace unas horas? ¿Funcionó realmente? No quiso decirles a sus amigos que probó el juego, pero terminó esperando casi una hora. Estaba segura de que era una de esas historias ficticias que la gente pone en línea sólo por diversión. No había forma de que fuera real.

Y aun así, no podía evitar pensar que quizás era real, y no estaba segura de lo que quería. Si lo intentaba de nuevo, ¿qué pediría? Podría pedir popularidad. Pero eso ya era una garantía para ella ya que era miembro de una de las hermandades conocidas de Berkeley. Podía pedir dinero; sus padres no iban a dar dinero para todas las cosas que quería como un coche nuevo, un bolso nuevo o incluso el último iPhone. Podía pedir ser famosa como sus ídolos, las Kardashians. Después de todo, eran famosos sólo por ser famosos. ¿Verdad? O podía pedir el novio más guapo del mundo. Eso es todo. Podría preguntar por Jonathan. Y la Dama a Caballo le daría eso.

Inmediatamente comenzó a tener pensamientos fantásticos de tener un novio guapo para satisfacer sus caprichos y deseos. Sería la envidia de todas las chicas del campus. Incluso de sus propias amigas. Tan pronto como la clase terminó, vio como Jonathan recogía sus cosas y salía de la clase. Suspiró, teniendo visiones de entrar al salón de clases con su brazo alrededor de ella.

"¿Hola, Claire?" Sus amigos trataron de llamar su atención. Pero Claire siguió mirando fijamente la figura de Jonathan alejándose. Miraba cómo salía del aula, con las manos metidas en los bolsillos, y todo tipo de distracciones obstaculizadas por sus auriculares.

"¿Hola?" Yvonne chasqueó sus dedos, despertando efectivamente a Claire de su sueño. "¿Con qué fantaseabas esta vez?"

"¿No sería genial si saliera con el hermano de Alex Madden?", preguntó, suspirando de una manera muy deseable. "Sería la envidia de todas las chicas del campus".

****

Si había un lugar que le agradaba a Jonathan, era la cafetería del campus. Le encantaba el olor de los granos de café tostados y molidos, y el satisfactorio sonido de las humeantes bebidas calientes preparadas por los baristas. Más importante aún, todos estaban tan concentrados en la lectura de sus libros, que no levantaban la vista y miraban fijamente a quien entraba.

Eso era perfecto. Jonathan sonrió cuando entró en la cafetería y se acercó al mostrador. "Hola, chicos". Dijo mientras saludaba a los baristas.

"Hola Jonathan". Uno de los baristas, Ashley, respondió. "¿Qué vas a tomar?"

"¿Me puede dar un café espresso con una cucharadita de azúcar?" preguntó.

"Lo de siempre, ¿eh?" Ashley dijo. "Lo curioso es que otra persona pidió lo mismo hace unos minutos".

" No me digas". Jonathan dijo mientras sacaba su cartera y pagaba la bebida. "¿Sigue por aquí?"

"Sí..." Ashley colocó una taza en el mostrador. "Oh mira, ahí está". Señaló una mesa junto a la ventana donde un rostro familiar estaba leyendo. Jonathan miró y sonrió. Era Artemisa.

Luego caminó hacia ella y le preguntó educadamente. "¿Puedo sentarme contigo?"

Artemisa, que había estado leyendo un libro mientras escribía en su cuaderno, levantó la vista y vio la imponente figura de Jonathan de pie ante ella, con una taza de café en la mano. " Vaya, si es Jonathan del departamento de Sociología. "Ella sonrió.

"Hola de nuevo, Artemisa del departamento de Historia." Él respondió. "¿Puedo sentarme contigo?"

"Seguro". Ella respondió mientras le hacía un gesto para que se sentara frente a ella. Mientras él se sentaba, ella tomó una bocanada de su bebida. "Umm, huele a café espresso con una cucharadita de azúcar."

"Lo sé". Él respondió. "Los baristas me dijeron que tú también ordenas esta combinación."

"¿En serio?", preguntó. "Es una extraña coincidencia. En realidad, me gusta especialmente si quiero estudiar y evitar a mi molesta compañera de cuarto."

"¿También tienes un compañero de cuarto molesto?" Jonathan preguntó. Artemisa, viendo que esto se convertiría eventualmente en una larga conversación, cerró su libro y se sentó. Sostuvo su taza de café y respondió.

"Sí. Es un poco fiestera. Parece que no puede estudiar cuando trae a casa a su compañero de fiesta".

"Entiendo lo que quieres decir". Jonathan se rio, pensando en su propio compañero de cuarto, Dick. "Déjame adivinar, cuando llega a casa, está completamente borracha "

"¡Exactamente!" Artemisa dijo, riéndose. "Ni siquiera puedo entender por qué sus padres los mandan a la escuela si van a ir a todas las fiestas y esas cosas".

"No es nuestro problema". A Jonathan le gustaba escuchar a Artemisa mientras hablaban de cualquier tema que se les ocurriera: Estudios. Compañeros de cuarto molestos. Legados familiares. Pasatiempos, géneros musicales favoritos, etc. Se sorprendió al saber que además de gustarle Dave Navarro, a Artemisa le gustaba escuchar electro y cualquier cosa postmoderna y vintage. De hecho, le estaba empezando a gustar Artemisa.

"Así que, la carrera de Sociología". Artemisa comenzó. "¿Qué sabes sobre los rituales de adivinación?"

"¿Por qué lo preguntas?"

"Bueno, muchas chicas están hablando del ritual de la Dama a Caballo". Artemisa dijo. "Si me preguntas, todo es un montón de tonterías".

"¿Qué te hace decir eso?" Jonathan preguntó.

"Porque intenté los otros rituales de adivinación como la mirada al espejo o incluso el Bloody Mary cuando era más joven." Ella respondió. "Nada". Pero me pregunto por qué están hablando de ello".

"¿Conoces la rima del caballo de juguete?" preguntó.

"Sí, tuve esta cinta de rimas infantiles VHS cuando era un niño." Ella respondió. "Tenía algo que ver con montar a caballo para conocer a una mujer bonita en un lugar llamado Banbury Cross. ¿Pero qué tiene que ver eso con el ritual?"

"No lo sé". Se encogió de hombros. "Pero es interesante. Dime, ¿estás libre mañana?"

"Eso depende". Dijo mientras empezó a empacar sus libros en su mochila. "¿Por qué, me estás invitando a salir?"

"Bueno, hay una cafetería en la ciudad que frecuento los fines de semana." Él respondió. "Tienen actuaciones en vivo como lectura de poesía y músicos. Me preguntaba si te gustaría venir a verlo".

"¿Estás haciendo una presentación?" Artemisa preguntó.

"Nunca se sabe". Él respondió. Ella sonrió y después de unos minutos, ambos acordaron reunirse al día siguiente. Jonathan se excusó entonces porque se estaba haciendo tarde, y necesitaba estar de vuelta en el dormitorio antes del horario de cierre, después de todo. "Entonces, ¿te veré mañana?" preguntó, dándole la dirección de la cafetería.

"Claro". Artemisa asintió con la cabeza, colocando las correas de su mochila en su hombro. "Nos vemos entonces". Y se despidió y salió del café.

****

Artemisa Rosi regresó al edificio de su dormitorio, con la cara roja como si fuera evidente que algo bueno había sucedido. Abrió la puerta principal y subió las escaleras de su habitación. Entró y vio que su compañera de cuarto ya había empezado su ritual nocturno de maquillarse. "¿Vas a otra fiesta?" Artemisa preguntó.

"Sí, ¿qué te importa?", dijo su compañera de cuarto. "Yo nunca te pregunto a dónde te diriges".

"Tienes razón. Lo siento." Artemisa dijo mientras colocaba cuidadosamente su bolso en su cama y se sentaba en su escritorio. "Sólo voy a preguntar de antemano a qué hora piensas regresar, Claire".

"No tienes que esperarme despierta, Artemisa". Claire O Hara dijo mientras se ponía un poco de rímel. "Hablando de eso, te ves como si algo bueno te acaba de suceder. Tu cara está toda roja y brillante".

"¡¿Es tan obvio?!" Artemisa jadeó, con la cara ahuecada a ambos lados. ¿Era tan obvio? Claire se levantó de su silla y Artemisa pudo ver que llevaba algo que no estaría fuera de lugar en una fiesta universitaria: camiseta con corsé, sandalias, pantalones cortos brillantes. Se sentó junto a Artemisa.

"Cuéntalo todo, chica". Ella empezó. "Alguien te invitó a salir".

"No es una cita". Artemisa protestó. "¿Y por qué estás siendo amable conmigo de repente?"

Claire suspiró y sacó un tubo de lápiz labial rojo de su bolsa de maquillaje. "Sigo diciéndole a mis amigos que mi compañera de cuarto es una chica tan aburrida". Artemisa levantó la ceja. ¿Una chica aburrida? Repitió en sus pensamientos. Claire continuó. "Pero supongo que eres una Cenicienta normal que sólo necesita algo de magia de hada madrina. Así que toma. Usa este lápiz labial en tu cita de mañana".

"No es una cita". Artemisa dijo. "Sólo vamos a salir a tomar un café".

"¡Es una cita, cariño!" Claire dijo. "Así que usa este lápiz labial y asegúrate de usar algo realmente bonito. Nada de esas cosas vintage de la tienda de segunda mano que usas".

"Por última vez, no es una..."

Artemisa decidió que era un poco inútil discutir con alguien como Claire. En realidad, Claire nunca se preocupó por ella. De hecho, estaba un poco mortificada por la idea de que sería compañera de habitación de alguien como Artemisa. Pero si había una cosa en la que ambas chicas eran expertas, era en como lidiaban la una con la otra. O en pocas palabras, fueron civilizadas la una con la otra.

Ellas intercambiarían un amistoso "buenos días" o "buenas noches", y si alguna de las chicas se sentía bien, incluso podría ofrecer una taza de café o un tentempié a la otra. Pero esos eran momentos raros.

Y este fue un momento raro para ella para ser... amigable con ella. Si no fuera tan vanidosa y ocasionalmente sin tacto, Claire sería una compañera de cuarto bastante decente. Artemisa pensó. Vio que Claire todavía le estaba extendiendo el lápiz labial rojo. "¿De verdad quieres que me ponga tu pintalabios, Claire?" Artemisa preguntó.

"¡Duh!" respondió. "Vamos, veamos cómo te ves con el lápiz labial puesto." Desenroscó el tubo de lápiz labial y comenzó a aplicar una fina capa de lápiz labial en los labios de Artemisa. "Y vamos a arreglarte el pelo." Le arregló el pelo. Se alejó un poco y la miró fijamente. "¡Oh Dios mío!" dijo sin aliento...

"¿Qué?" Preguntó Artemisa, sonando un poco preocupada por el comentario de Claire. "¿Qué sucede?"

"Oh Dios mío... eres un bombón total", respondió. "En serio, estás tan sexy y hermosa como yo". Luego miró la hora. "Vale, vamos a terminar esta conversación cuando vuelva, ¿vale?"

"Suponiendo que no me duerma después de estudiar." Artemisa dijo.

Claire cogió su bolso y salió por la puerta. "Lo que sea, novia. Continuaremos cuando vuelva. Adiós por ahora."

Artemisa levantó una ceja. ¿Desde cuándo Claire empezó a ponerse amistosa y todo eso?

Mientras tanto, Jonathan sólo había empezado a terminar su capítulo sobre las normas culturales del mundo antiguo, cuando oyó abrirse la puerta de su dormitorio. Olió la colonia familiar de Dick, su compañero de cuarto. Llega temprano. Pensó, mientras comprobaba la hora en su teléfono. Las 8:00pm. O tal vez no. Justo entonces, Dick le quitó los auriculares a Jonathan. "¡Eh!" Jonathan dijo mientras se ponía de pie. "¿Qué demonios, Dick? Estaba escuchando eso".

"Amigo, acabo de oír algo muy interesante y será mejor que lo confirmes conmigo." Dick dijo, poniendo los auriculares en el escritorio. "Vas a tener una cita con alguien, ¿verdad?"

"¿Quién te dijo eso?" Jonathan preguntó.

"¡Lo sabía!" Dick exclamó como si hubiera ganado el gran premio. "Así que es verdad. ¡El hermano pequeño de Alex Madden tiene una noviecita! Y yo que pensaba que eras un raro".

"¿Quién te dijo que iba a tener una cita?" Preguntó de nuevo.

"Los baristas cuando estaban cerrando". Dick dijo mientras abría su armario. "Estoy saliendo con una de ellas". Pero por supuesto. Jonathan pensó. Dick, el fiestero. "Entonces, ¿quién es la chica?" Dick preguntó.

Jonathan se llevó los auriculares y se los puso en el cuello. "No es asunto tuyo". Él respondió. "Además, ¿por qué debería importarte?"

"Me importa, porque eres mi compañero de cuarto y por extensión, mi responsabilidad." Dick dijo. "En cuál mundo retorcido, me pregunto. Jonathan pensó. Dick se sentó en la mesa del escritorio y dijo. "Está bien si no me lo dices. Pero al menos dime adónde la llevas".

"Sólo una cafetería fuera del campus". Jonathan respondió. " La que está debajo de otra tienda".

"Oh, ¿el lugar de los beatnik?" Dick dijo que como si Jonathan hubiera dicho algo... desagradable. "¿La llevas al lugar donde se reúnen todos los solitarios y artistas?"

"Tienen buenos espectáculos". Él respondió. "Deberías pasarte por allí alguna vez. Y, además, me dará una buena excusa para usar el scooter que Alex me dio".

Dick suspiró y volvió a buscar una camisa. Después de elegir una camisa roja, le dijo a Jonathan que volvería después de medianoche y se fue. Jonathan dejó escapar un suspiro de exasperación al encender su lista de reproducción y reanudar la lectura. Mientras tanto, pensaba en lo que Artemisa le había preguntado en la cafetería. Y en lo que esas chicas de la clase de Lewis estaban hablando. La Dama a Caballo...

****

La música estaba alta y los tragos eran interminables en las muchas fiestas que ocurrieron en esa noche en particular. Claire tomó otro trago de vodka mientras revisaba su teléfono para saber la hora. Las 11 de la noche. Todavía quedaba una hora, y no estaba tan borracha ni tan entretenida como de costumbre. Aun así, eso no le bajó el ánimo. Sólo estaba pasando el tiempo. Después de todo, no iba a esperar una hora más o menos en un cruce de caminos a una dama a caballo.

"Oye, ¿por qué revisas tu reloj?", oía a una de sus amigas preguntar mientras bebía su copa de alcohol. "Están trayendo un toro eléctrico......un toro eléctrico." Su forma de hablar empezaba a indicar que se estaba emborrachando.

 Claire miró su reloj. A las 11:20 pm. Sacó su teléfono y comenzó a buscar el cruce más cercano. Un lugar donde las cuatro direcciones se encontraban. Encontró uno a pocas cuadras de distancia. Revisó su reloj otra vez. A las 11:30 pm. Sólo tenía 30 minutos antes de las 12 de la medianoche. Vio como sus amigas comenzaron a divertirse. Podía salir fácilmente del lugar, tomar un taxi e ir al cruce.

Y eso fue lo que Claire hizo. Silenciosamente, se escabulló del lugar y se fue a la calle. Buscó un taxi. "¿Había algún taxi en ese momento? Se preguntó a sí misma mientras revisaba su reloj. 11:35pm. Estaba empezando a ponerse frenética. Tenía que llegar allí antes de la medianoche. Como si la suerte lo permitiera, un taxi se aproximó. Lo llamó rápidamente y se subió.

"¿A dónde, señorita?" preguntó el taxista.

"¡A ésta dirección!" Ella respondió, dictando al conductor la dirección. El conductor levantó la ceja con total desconcierto. La miró por el espejo retrovisor. ¿Por qué quería ella ir allí en ese momento? "Siempre y cuando ella pague", pensó él mientras ponía en marcha el taxímetro y empezaba a conducir.

Condujeron a lo largo de la calle aparentemente vacía, observando la multitud y el paisaje de la ciudad. Claire revisó su reloj. A las 11:46 de la noche. Luego revisó su teléfono. Todavía estaban a unas pocas manzanas de distancia. No podía llegar tarde. Pensando rápidamente, golpeó el vidrio que la separaba del conductor.

"Discúlpeme". Ella dijo. "¿Podríamos ir un poco más rápido? Necesito estar allí antes de las 12 pm."

"Señorita, si voy más rápido, podría recibir una multa por exceso de velocidad." El conductor dijo. "Y no voy a hacer que me confisquen el taxi sólo por eso".

"Pagaré extra". Claire dijo. "¡Así que, por favor!"

El taxista se encogió de hombros en una confusión total. Por otra parte, ella iba a pagar extra. "Tú eres el jefe". Dijo cuándo empezó a conducir tan rápido como pudo. El taxi recorrió las calles, teniendo cuidado de no golpear a ningún peatón que cruzara. Llegaron a su destino. Claire pagó al conductor y se bajó. "Tenga cuidado ahí fuera, señorita". El conductor dijo, sacando la cabeza por la ventana. "No es seguro a esta hora". Y se fue.

Claire caminó a lo largo del camino y se encontró con lo que parecía un cruce. Vio que cada una de las direcciones apuntaba a un largo y oscuro camino. Miró al frente y atrás. Miró a la izquierda y a la derecha. Completamente a oscuras. Caminó hasta el centro del cruce y miró su reloj. A las 11:55 de la noche. Sólo 5 minutos. El aire frío de la noche comenzó a soplar y pudo ver las hojas crujiendo en pequeños círculos. Tembló por el aire frío y empezó a desear haberse puesto algo caliente. O como mínimo traer un cárdigan.

Miró su reloj. 11:59. Casi medianoche. Pensó en lo que quería preguntar.

¿Debería seguir preguntando por Jonathan Madden? Él era, por supuesto, guapo y la haría aún más popular si saliera con el hermano de Alex Madden. O tal vez podría pedir que la aceptaran en Sigma Kappa. Esa era la hermandad más popular de la Universidad. O podría pedir ser popular y famosa. Como todos esos Youtubers e Instagrammers.

Miró su reloj. Eran ahora las 12 de la medianoche. Lo escuchó sonar. Una... Dos... Tres... Cuatro... Cinco... Seis. ....Silencio.

En ese momento, hubo un extraño sonido que provenía de su lado derecho. Era débil al principio, pero se estaban acercando. Ella escuchó atentamente. Sonaba como.... el golpeteo de los cascos.... de un caballo!

Ella dirigió su atención a su derecha. Sus ojos se abrieron de par en par con asombro e incredulidad.

Trotando hacia ella había un gran caballo blanco con grandes cascos y pelaje rubio y blanco. Tenía unos hermosos ojos de obsidiana y una piel suave y aterciopelada. Tenía una fina silla de montar de cuero con pequeñas joyas que brillaban como estrellas, montadas en su espalda. Y sentada en la fina silla había una mujer. Claire trató de mirar bien a la mujer, pero no pudo ver sus rasgos con claridad. La mujer estaba vestida completamente de blanco con sedas blancas y doradas que cubrían su cuerpo. Había un velo blanco que cubría su cara, excepto sus ojos, que eran de un hermoso tono de ámbar, y unos pocos mechones de pelo rojo asomando de las sedas. En sus dedos había anillos de diferentes formas y joyas, y en sus muñecas había brazaletes de oro y joyas. Había tobilleras de oro con grandes campanas que rodeaban sus tobillos. Cuando la mujer y el caballo se acercaron a Claire, el sonido de las campanas parpadeantes atravesó la quietud.

Es ella. Claire pensó para sí misma. La Dama a Caballo. "Ella es real". Dijo en un suave susurro mientras la Dama a Caballo se acercaba lentamente a ella y se detenía en medio del cruce.

Claire miró a la Dama; aunque su cara no era muy visible, podía decir que era hermosa. Y el caballo era alto y grande con una mirada extraña y gentil en sus ojos. Respiró profundamente y dijo. "¿Eres la Dama a Caballo?"

La Dama no respondió. Claire se preguntaba si lo hacía correctamente. Respiró profundamente otra vez y preguntó. "¿Es usted la Dama a Caballo? ¿Puedes concederme mi deseo y mis anhelos?"

La Señora miró entonces a Claire y empezó a hablar en un tono casi etéreo. "¿Qué deseas?"

Claire había pensado en lo que quería y sabía exactamente qué decir. "Quiero ser rica, famosa y adorada. Tanto que hasta los solteros más deseables me querrían"

"¿Por qué deseas eso?", preguntó la Dama.

"Quiero ser deseable". Claire dijo. "Quiero ser tan famosa y deseable como cualquier mujer en la historia. Daría cualquier cosa por eso".

La Dama estaba tranquila. Entonces tomó su mano y sacó un anillo con diamantes alrededor de un gran rubí de uno de sus dedos. Le hizo un gesto a Claire para que le presentara su dedo anular. La Dama le puso el anillo y dijo en una voz baja y suave que sólo Claire podía oír.

"Lleva este anillo y tus deseos se harán realidad. Y cuando estés satisfecha con tus deseos, vendré a recoger este anillo una vez más".

"¿Por qué vas a recoger el anillo?" Claire preguntó.

"Es un favor". La Dama respondió en voz baja.

"¿Eso es todo?" Claire dijo. "Entonces, ¿no tengo que hacer nada más? ¿No tengo que hacer una ofrenda o algo así?"

La Dama a Caballo no dijo nada, pero hubo un destello en sus ojos que parecían decir lo contrario. Ella y su caballo siguieron trotando antes de desaparecer en la oscuridad, dejando a Claire sola en el cruce. Claire miró el anillo, sonriendo con alegría, preguntándose si su deseo y anhelos se harían realidad.

<u>Capítulo 3</u>

Jonathan se miró en el espejo mientras alisaba los pequeños pliegues de su camisa. Tomó su peine y comenzó a peinarse. Dick vio como Jonathan se preparaba y comenzó a reírse. "Hola, Jonny. Te ves bien. ¿Vas a salir en tu cita?"

"Jaja, muy gracioso, Dick." Jonathan dijo.

"¿Quieres un poco de colonia?" preguntó. "Tengo un poco de Old Spice que puedes usar".

"No, estoy bien". Jonathan se negó educadamente. "Además, tengo mi propia colonia."

"Todavía no entiendo por qué no me dices con quién tienes una cita". Dick frunció el ceño.

"Porque no es asunto tuyo". ¿Por qué debería decírtelo? Jonathan pensaba en lo profundo de su mente. Dejó el peine y recogió su mochila y sus llaves. Abrió su armario y sacó dos cascos.

"Jonny, necesitarás esto". Dick dijo mientras se levantaba, se acercaba a Jonny y ponía un pequeño paquete en la mano de Jonathan. Jonathan miró el paquete y frunció el ceño a Dick mientras le devolvía el paquete.

"Gracias, pero no quiero." Dijo. "Esto no es una cita. Es algo a lo que la invité. Y no me voy a llevar eso conmigo".

"Parece que va a llover". Pensó. Estaba algo contento de haber traído un impermeable extra por si acaso. En ese momento, pequeñas gotas de agua comenzaron a caer sobre su cara. Estaba lloviendo. Encontró a Artemisa sentada en un banco junto a la escalera de la biblioteca. Tenía un paraguas de bolsillo en sus manos que la protegía de la lluvia. Se detuvo en la acera y la saludó con la mano.

Ella lo vio y se acercó a la moto. "Vaya, no sabía que tenías un scooter". Ella dijo.

"¿Qué? ¿Creíste que caminaríamos todo el camino?" se rio mientras le ofrecía el casco extra. Artemisa dobló su paraguas, tomó el casco y se sentó detrás de Jonathan en el scooter. "Agárrate fuerte, ¿sí?"

"Vamos, Jonathan." Ella dijo. "Este no es mi primer paseo en scooter".

Miró por encima del hombro a Artemisa. Sonrió y luego condujo por el camino mojado. Entraron en la calle principal y pasaron por varias tiendas y edificios. Jonathan se detuvo frente a un edificio de ladrillos con barandas de hierro negro. Después de aparcar su scooter, él y Artemisa se dirigieron hacia el edificio donde unas escaleras conducían a una puerta subterránea. Había un letrero iluminado con neón en forma de taza colgado junto a la puerta. Las letras del letrero decían "CAFETERÍA SUBTERRÁNEA".

" Cafetería Subterránea..." Artemisa leyó el cartel. "Qué acogedor". Por aquí." Dijo mientras se desabrochaba la chaqueta y los protegía a ambos de la lluvia con ella. Bajaron las escaleras y entraron en la cafetería subterránea. En el momento en que cerraron la puerta tras ellos, hubo un olor cálido y penetrante que los saludó por primera vez. Era el olor de granos de café recién tostados y pasteles calientes recién horneados, que se exhibían en cestas y estantes. Las paredes eran ladrillos expuestos con diferentes cuadros enmarcados y carteles que representaban celebridades locales, eventos e incluso paisajes de cafeterías populares. Había pequeñas mesas y sillas de cuero oscuro por todas partes. Incluso había algunos sofás de cuero y varias mesas de centro. En el medio de esta cafetería subterránea había un pequeño escenario destinado a actuaciones en vivo.

La pareja se dio cuenta de que había un buen número de clientes en el interior. "Debe ser por la lluvia", pensó Jonathan mientras caminaban hacia el mostrador y pedían sus bebidas. Una vez que consiguieron sus bebidas, se dirigieron a un pequeño asiento y se sentaron. Artemisa sostuvo su bebida en sus manos y tomó un rápido sorbo.

"Vaya". Ella dijo. "Esto es delicioso. ¿Cómo es que no había oído hablar de este lugar?"

"Bueno..." Jonathan comenzó, tomando un sorbo de su bebida. "Mi hermano me habló de este lugar cuando aún estaba en la universidad. Dijo que, si alguna vez quería alejarme de todo el ruido de la vida universitaria, este era el lugar al que debía ir."

"Eso es inteligente de su parte". Ella respondió. "Cielos, nunca he estado en un lugar *...beatnik*. Si me entiendes."

"Sí". Miró a su alrededor y luego a ella. "Puede que me gusten Dave Navarro y Katatonia, pero eso no significa que no me gusten otros géneros musicales.

Y cuando se trata de cafeterías y lluvias, nada es mejor que la música lo-fi."

Artemisa se rio cuando la mencionada música lo-fi comenzó a sonar en el café. Luego miró a Jonathan y dijo. "Entonces, ¿por qué me pediste que viniera?"

"Me imaginé que querrías un descanso de todas las cosas molestas de las que hablamos ayer". Él respondió. "Hablando de eso, te ves muy bien hoy". No lo había notado al principio, pero aparte de la chaqueta ligeramente mojada que ahora se secaba en la silla, Artemisa llevaba una camiseta de encaje con ojales blancos, vaqueros y zapatos azules. Tenía el pelo recogido y llevaba pintalabios rojo claro.

Ella se rio incómodamente y dijo. "Fui emboscada por mi molesta compañera de cuarto. Dijo que no podía salir con mi aspecto, así que empezó, y la cito, a maquillarme fabulosamente".

"Mi compañero de cuarto trató de hacer el mismo truco conmigo." Dijo. "Incluso llegó a dejarme usar su Old Spice y darme un condón".

Artemisa se rio de eso y respondió. "¿Quién usa Old Spice de todos modos? Y, además, ¿qué hay de malo en que dos personas pasen el rato y se diviertan?"

"¿Verdad?" Jonathan dijo. "Quiero decir, no hay connotación sexual en dos amigos que sólo disfrutan de una taza de café y buena música." Se detuvo un poco. ¿Dijo realmente connotación sexual? ¿Estaba ligeramente implícito? La verdad es que le gustaba Artemisa como amiga. Pero estaba empezando a verla bajo una luz diferente.

No te precipites, Jonathan. Se dijo a sí mismo. Es tu amiga. " Oye Jonathan..." La voz de Artemisa cortó sus pensamientos. "¿Recuerdas que te pregunté sobre este ritual del que hablaban algunas chicas?"

"La Dama a Caballo, ¿verdad?", preguntó. ¿Por qué ella le preguntaba eso otra vez? ¿Había algo en el ritual que le molestaba? "¿Por qué me lo preguntas?"

"Mi compañera de cuarto llegó a casa esta mañana a las 2 de la mañana." Ella respondió. "Estaba despierta porque tenía esta tarea sobre las Siete Maravillas del Mundo Antiguo. De todos modos, llegó a casa y parecía como si se hubiese ganado la lotería o algo así."

"Tal vez lo hizo". Él dijo. "Entonces, ¿cómo se conecta eso con tu pregunta sobre el ritual?"

"Estuvo hablando de ello durante algún tiempo." Artemisa respondió. "Cuando llegó a casa, no se veía como de costumbre."

"¿En qué sentido?"

"Cuando se va de fiesta, suele estar tan borracha que en cuanto entra por la puerta, se desmaya en el suelo." Ella lo explicó. "Por lo general, soy yo quien la arrastra y la acuesta. Pero en cambio, ella entró... completamente sobria y con un aspecto de haber ganado un millón de dólares".

"Supongo que algo bueno le pasó." Jonathan dijo mientras bebía su café. "Mi compañero de cuarto es así cuando llega sobrio".

"Tal vez". Ella dijo. "Pero es extraño. Ella ha estado hablando de este ritual, así que intenté buscarlo en Internet. Aparentemente, mucha gente afirma que funciona y que las cosas han mejorado para ellos".

"¿Estás tentada a probarlo?" Él preguntó.

Artemisa sacudió la cabeza inmediatamente. "No. Porque si hay algo que es común en los juegos rituales como ese, es que todo tiene un precio. Y a veces nadie sabe cuál es el precio hasta que es demasiado tarde"

Él tuvo que admitirlo. Ella tenía un buen punto en cuanto a que en los juegos rituales se pagan de alguna manera. Después de todo, en su lectura sobre rituales culturales, cada paso del ritual tenía un significado específico. Recordó la conferencia del Dr. Lewis y de cómo usó la ceremonia del té japonesa como un ejemplo definitivo. Cada paso, como moler el té, batirlo y servirlo en tazas tenía un significado.

Si ese fuera el caso, qué significado tenía el ritual de la Dama a Caballo, y exactamente qué tipo de atractivo tenía para los interesados en hacer el ritual.

Jonathan entonces escuchó a Artemisa recitar algunas líneas de una canción infantil particularmente familiar. " Monta un caballo de juguete en la encrucijada al alba ... Y así ver a la Dama en el blanco caballo que cabalga."

"¿Estás recitando esa rima?" preguntó mientras terminaban sus bebidas. "Si recuerdo bien, la siguiente línea es así. Anillos en sus dedos campanillas en sus pulgares. Ella traerá la música no importa en qué lugares."

"Estoy segura de que debe haber algunos hechos históricos en eso." Artemisa dijo. "Y de alguna manera, algún idiota lo convirtió en un juego ritual en línea. Personalmente no creo que sea real. Pero ya sabes lo que dicen de la mente humana..."

"¿Qué dicen?", preguntó.

 "La percepción de la mente es tan fuerte que puede incluso desafiar las leyes de la realidad y la física". Ella respondió. "Y en ese aspecto, es algo realmente aterrador".

"¿Qué te parece si averiguamos la historia del ritual de la Dama a Caballo?" Jonathan preguntó.

"¿Eh?" Ella lo miró con una expresión de perplejidad.

"Te gusta la historia. Será fascinante encontrar historias reales detrás de ciertas cosas." Lo explicó con una mirada bastante inquisitiva en sus ojos. "Y como estudiante de Sociología, será interesante entender por qué atrae a la sociedad moderna."

"¿Estás sugiriendo que lo tratemos como... un... como un proyecto?" ella preguntó.

"¿Por qué no?" Dijo. "Sería divertido. Y, además, nos daría a ambos una excusa para evitar a nuestros molestos compañeros de cuarto de vez en cuando." Artemisa se rio y él se rio. Continuaron disfrutando de su café hasta que escucharon que la lluvia disminuía lentamente.

Después de que Artemisa le agradeciera por el café y el tiempo agradable, Jonathan la llevó de vuelta a su dormitorio. Cuando ella se bajó del *scooter* y le entregó el casco de repuesto, se inclinó hacia adelante y le besó la mejilla. Jonathan se sonrojó un poco después de que ella lo hiciera. Nunca había tenido una chica, aparte de su madre, hermanas y primas, que le besaran en la mejilla.

"Es un agradecimiento por el gran momento en la cafetería." Dijo, poniéndose roja ella misma. "Bueno, será mejor que entre o la lluvia podría empeorar." Se despidió y regresó rápidamente a su dormitorio.

Jonathan aceleró su scooter y corrió por los caminos mojados. Pasaba por una tienda con grandes ventanas, cuando notó que una extraña imagen se reflejaba al pasar. Por el rabillo del ojo vio lo que parecía la imagen de una mujer vestida de blanco y sentada en un gran caballo blanco. Se detuvo un momento y miró hacia atrás. La ventana de la tienda no mostraba ningún otro reflejo, excepto el de los clientes y el de los productos del establecimiento.

Se preguntaba sobre lo que acababa de ver. Estaba seguro de que había visto a una mujer a caballo. Específicamente, una mujer hermosa en un caballo grande. Rápidamente dejó de pensar en ella, creyendo que toda esa charla sobre un ritual de concesión de fortunas y una vieja canción infantil le estaba afectando. Se acercó a su dormitorio y aparcó su scooter en el aparcamiento antes de entrar. Se encontró con Milo, que había cogido una gran caja envuelta en papel marrón.

"Bonsoir, Jonathan". Milo saludó. "Zut alors! ¿Por qué estás mojado? ¿No sabías que iba a llover?"

"Sí". Jonathan respondió, notando su chaqueta empapada y su pelo todavía húmedo. "Estaba en la cafetería de la ciudad".

"Con una chica, he oído." Milo añadió con entusiasmo. "Oh, genial", pensó Jonathan. Milo debe haberlo escuchado de Dick. Después de todo, era típico de alguien como Dick contar a todo el mundo lo que sentía que era un gran acontecimiento. Y que el hermano menor de Alex Madden saliera con una chica era un gran acontecimiento. Por suerte, sabía cómo manejar este tipo de conversación. Entonces Milo continuó. "Entonces, ¿quién es la chica afortunada? ¿Cómo estuvo la cita?"

¿Cómo estuvo la cita?"

"Primero, no fue una cita". Jonathan dijo. "En segundo lugar, no es asunto de nadie a quién veía o qué hacía. Fue una buena charla para tomar un café. Nada más." Subió los tres primeros escalones de la escalera. "Si me disculpas, voy a ducharme antes de enfermarme." Se dio cuenta del paquete en los brazos de Milo. "¿Asumo que eso te lo enviaron tus padres desde casa?"

"Oui", respondió. "Ma mere' me ha enviado algunos de mis 'collation francaise' favoritos. Me sentía.... como se dice... 'le maldu pays'... nostalgo?"

"Nostálgico". Jonathan dijo. "Bueno, disfruta tu paquete. Voy a subir". Subió las escaleras y se fue a su habitación. Cerró la puerta tras él, sólo para ser emboscado por su compañero de cuarto, Dick.

"Entonces, ¿cómo te fue?", dijo con una voz estridente. "¿Tuviste relaciones con ella? ¿La besaste? ¿Conseguiste su número?"

"Oye, ¿qué pasa?" Jonathan dijo. "¡¿Qué te tiene tan alterado?!"

Dick se acercó y cerró la puerta tras él. "¡Dime cómo te fue en tu cita!"

¡Diablos! ¿Qué le pasa a este tipo?' Pensó mientras se dirigía a su armario y sacaba ropa caliente y limpia. "Dick, ¿por qué te interesa tanto lo que hago en mi tiempo libre?"

"¡Vamos, hombre!" Dick se quejó. "¡Se supone que somos amigos!"

"Es curioso, no recuerdo haber hecho ese acuerdo". Jonathan dijo mientras caminaba hacia su cesta y comenzaba a quitarse la ropa húmeda. Dick se sentó en la cama y suspiró pesadamente. "Vamos Jonny. ¡Aposté como 50 dólares a que al menos la besaste!"

Así que era eso. Jonathan suspiró. Típico. "¿Y exactamente cuánto está en juego aquí?"

Dick rápidamente comenzó a usar la calculadora de su teléfono. " Aposté 50 dólares a que besaste a la chica. El resto de los chicos apostaron cada uno 60 dólares a que no lo hiciste. ¡Eso son 350 dólares en juego! Vamos Jonny. Si la besaste, yo gano los 350$. ¡Pero si no lo hicieras, tendría que pagarles a los chicos $50 a cada uno!"

"Técnicamente, me besó la mejilla". Jonathan dijo. "Pero, yo no...."

"¡Funciona para mí!" Dick dijo, saltando de su cama y saliendo de su habitación. "350$! ¡Aquí voy!"

Incluso un tipo como Dick merecía un poco de alegría de vez en cuando. Jonathan pensó, mientras recogía su toalla y se iba al baño a ducharse. Abrió la ducha y entró. Sintió las cálidas y refrescantes gotas de agua salpicando su cuerpo. Era purificante y cálido al mismo tiempo. Pudo ver que el vapor subía lentamente y cubría todo el baño. Cerró la ducha y comenzó a frotarse con jabón. Podía oír las diminutas gotas de agua que caían del cabezal de la ducha y golpeaban el suelo. Fue una especie de alivio. Si el sonido fuese más fuerte, casi sonaría como el golpeteo de cascos.

"Suena como el golpeteo de cascos". Pensó ¡Espera! ¿Por qué de repente oigo el sonido de cascos? Es sólo agua que gotea. Abrió la ducha para enjuagarse el jabón de su cuerpo. Pudo ver que el vapor llenaba lentamente la habitación una vez más. Tomó un poco de agua y se la salpicó en la cara. Al abrir los ojos, vio una extraña silueta en la cortina de plástico azul de la ducha.

Parecía una mujer alta vestida con un vestido largo o una túnica.

Podía ver lo que parecían dos pequeños puntos rojos donde deberían estar los ojos, y el pelo largo que parecía llegar a su espalda.

"¿Qué demonios?" Jonathan dijo. Extendió la mano para abrir la cortina de la ducha. "¿Quién está ahí?" Gritó, abriendo las cortinas. No había nadie allí. Confundido, Jonathan cerró la ducha, se envolvió la toalla alrededor del cuerpo y miró alrededor del baño. Estaba prácticamente vacío. Miró alrededor del dormitorio. La puerta estaba cerrada y las ventanas con cerrojo. No había forma de que alguien pudiera entrar en la habitación y salir sin abrir ni la puerta ni las ventanas.

Entonces, ¿qué fue eso?

Jonathan abrió su armario y se puso ropa limpia. Pensó que todo no era más que otro producto de una imaginación hiperactiva como la suya. Después de todo, toda esta charla sobre el ritual de la Dama a Caballo le estaba empezando a afectar, aparentemente. Se sentó en su escritorio y abrió su cuaderno para trabajar en su tarea. Todo el tiempo pensaba en el beso en su mejilla y en la cara sonriente de Artemisa.

****

Artemisa se sentó en su escritorio mientras se secaba con una toalla. Abrió su portátil y comenzó a trabajar en su tarea de Historia. Se preguntó a dónde había ido su compañera de cuarto. "Probablemente de fiesta toda la noche". Dijo en voz alta. Acababa de coger su libro y empezó a leer los primeros capítulos del libro, cuando oyó abrirse la puerta del dormitorio.

Claire ha vuelto. Pensó mientras veía a Claire caminar... en su dormitorio. "Oh, has vuelto temprano". Claire dijo. "Entonces, ¿cómo resultó la cita?"

"No fue una cita". Artemisa respondió. "Acabamos de tomar un café en su cafetería favorita".

"¡Eso es literalmente una cita!" Claire dijo mientras se sentaba en una silla junto a Artemisa. "Entonces, ¿se besaron?"

"Bueno, como que lo besé en la mejilla." Dijo ella, sintiéndose un poco avergonzada. "Realmente me hizo pasar un buen rato".

"¡Ooooh!" Claire gritó, literalmente saltando de su asiento. "Te gusta, ¿verdad?"

¿Por qué estaba esta chica tan interesada en lo que hizo? Artemisa pensó. Pero al menos, no era tan autoritaria como antes. O tan insultante como cuando se conocieron. Luego notó un anillo bastante lujoso en el dedo de Claire. Tenía un gran rubí rojo que estaba rodeado de pequeños diamantes. El anillo parecía caro. Ella pensó. Y sabía que Claire nunca había tenido un anillo tan caro como este. Tal vez se lo dieron. O tal vez fue algo que compró para ella misma.

De hecho, ahora que podía ver a Claire de cerca, Artemis pudo ver que Claire se veía como si se hubiera peinado en un salón de belleza y usara lo que parecía ser ropa de marca. Sus uñas se veían bien cuidadas y pulidas con esmalte de uñas rojo brillante. Su cara también se veía suave y fresca, como si hubiera ido a una clínica de la piel o a un spa. También estaba el hecho de que Claire parecía haber ganado la lotería.... otra vez.

"Te ves muy... alegre." Artemisa dijo. "¿Supongo que algo bueno sucedió?"

"Oh". Claire dijo. "Bueno, ya sabes cómo es. A las chicas populares les pasan cosas buenas". Tenía que preguntar. Artemisa pensó sarcásticamente mientras Claire continuaba contándole sobre el increíble día que había tenido, "Así que estaba saliendo de clase y tomando un batido de frutas en mi lugar favorito. ¡Pedí mi batido habitual y luego me dicen que gané un viaje con todos los gastos pagados al spa!"

"Vaya, eso es tener suerte". Artemisa dijo.

"Lo sé, ¿verdad?" Claire le contó cómo ganó un premio instantáneo en efectivo, cómo la descubrió un agente de modelos y así sucesivamente. "Acabo de tener un día increíble y estoy segura de que habrá más para seguir".

¿Más para seguir? Artemisa pensó. Claire se levantó y decidió salir a buscar algo de comida. Le preguntó a Artemisa si quería algo. Se negó educadamente, diciendo que ya había comido antes. Claire salió del dormitorio mientras Artemisa conectaba sus auriculares a su portátil. Reanudó sus estudios de Historia y abrió su libro. Revisó los capítulos hasta que encontró un capítulo con la imagen de una mujer desnuda montada en un caballo blanco. Un pequeño pie de foto decía: Godiva, Condesa de Mercia.

Conocía la leyenda de Lady Godiva y su conocida cabalgata para persuadir a su señor marido de que aliviara los impuestos, tras la petición condicional de este último de que se desnudara y montara por las calles a caballo. Así que, al día siguiente, Lady Godiva cabalgó hasta un cruce en las calles de Coventry y comenzó su famoso paseo.

Lady Godiva era de hecho una buena dama. Artemisa pensó. Pero eso era completamente diferente. Se decía que la Dama a Caballo estaba vestida con ropa fina, mientras que Lady Godiva se había despojado de dichos ropajes. Luego pasó las páginas y encontró otro capítulo con una foto de una mujer vestida con ropas angelicales, con una larga capa blanca, y sentada en un caballo. El pie de foto decía: Inez Mulholland.

Esta, la acababa de conocer. Era una mujer rica que era la portavoz del movimiento sufragista que llamaban "la Juana de Arco de los sufragistas". Otra encantadora dama montando a caballo, y dirigiendo un desfile desde un cruce en Washington.

Artemisa pudo ver que estas dos mujeres, aunque diferentes en el fondo, poseían rasgos similares en sus retratos populares. Ambas eran buenas mujeres y ambas montaban a caballo. Ambas podrían haber contribuido fácilmente a las imágenes rituales. ¿Pero qué hay de la vieja rima?

Ella masticaba la punta de su pluma mientras pensaba en la rima. ¿Qué edad tenía esta rima? Mientras leía e investigaba, notó de repente una figura que pasaba por su ventana desde el otro lado de la calle de su dormitorio. Era débil y algo distorsionada debido a la lluvia, pero de alguna manera pudo distinguir su forma.

Parecía una delgada figura encapuchada vestida de blanco y montando a caballo por la calle. La figura pasó por su ventana antes de desaparecer completamente en la niebla de la lluvia. Artemisa se levantó y abrió la ventana para ver a dónde había ido. Todo lo que vio fueron coches y bicicletas pasando por la calle. Estaba realmente confundida. No había forma de que un gran caballo blanco con un jinete encapuchado pudiera desaparecer rápidamente. Se sintió a la vez confundida y, por primera vez, asustada. Rápidamente se ocupó de nuevo de sus deberes y del pequeño proyecto que Jonathan le propuso.

El dormitorio de los hombres era tranquilo, salvo por algunos inquilinos que estaban bebiendo o viendo series en sus portátiles. Algunos incluso salían de fiesta, y se quedaban fuera hasta la madrugada. Como consenso general, la mayoría de los estudiantes varones evitaban el contacto entre ellos. Lo que hizo que las cosas se sintieran extrañas para Milo Garnier, cuando recibió un mensaje instantáneo de Jonathan Madden, preguntando si podía ir a su habitación.

De todos los inquilinos del dormitorio, sólo Jonathan era extremadamente amistoso con él. Y tenía algunas golosinas de Francia. Tal vez a Jonathan le gustaría probar una. Empezó a mirar a través de su caja y sacó una caja grande de Bonne Maman Le Quatre-heures. Estaba seguro de que a Jonathan le gustaría esto. A menudo masticaba esto todos los días en casa. Especialmente durante una noche lluviosa como esta, con café o chocolate caliente. Permaneció fuera del dormitorio de Jonathan llevando una pequeña bolsa de papel y un termo. Llamó a la puerta del dormitorio y esperó. Jonathan abrió la puerta y dijo. "Me alegro de que hayas podido venir. Entra."

Milo nunca había estado dentro del dormitorio de otro estudiante. De hecho, siempre se preguntó cómo era entrar en la habitación de otro estudiante. Siempre había pensado que el dormitorio de Jonathan estaba repleto de color negro, con carteles de pintura en aerosol, símbolos de anarquía y todo eso. Pero en lugar de eso, se encontró con una habitación limpia y ordenada. Había pósteres de algunos músicos de *heavy metal* en la pared, pero no había sábanas negras o estampadas. No había ningún muñeco de vudú o altares ocultos en absoluto. Era una habitación ordinaria y sencilla llena de libros y algunos artículos para pasar el tiempo.

"Tienes una habitación muy ordenada, mon ami." Milo dijo, mirando alrededor.

"¿Qué, pensaste que tendría muchas cosas negras, rojas y a rayas?" Jonathan preguntó, leyendo un poco la mente del estudiante francés. Milo parpadeó, preguntándose cómo adivinaba de alguna manera lo que tenía en mente. Aun así, no era necesario hacer conjeturas. Jonathan probablemente se había encontrado con mucha gente que asumía cómo era su habitación, simplemente por la forma en que se vestía.

"Más o menos". Milo admitió. "Por cierto, mon ami. Te traje algunos de los bombones que me envió mamá". Abrió la bolsa de papel y sacó las galletas. "También tengo un termo de café caliente. Estas golosinas se disfrutan mejor con café."

"Gracias, Milo." Jonathan dijo. "¿Por qué no te sientas ahí mientras consigo las tazas y algunos platos?" Señaló su escritorio donde había dos sillas. Milo se sentó junto a la silla y vio como Jonathan miraba a través de su armario y sus cosas. Luego se fijó en el portátil de su escritorio y en el contenido de la pantalla. Podía ver ventanas que mostraban artículos y contenidos de contratos fáusticos, tratos con demonios, rituales de leyendas urbanas y rimas infantiles.

Jonathan se sentó en la silla junto a Milo y puso una taza delante de él. Milo sacó el termo y vertió café caliente en ambas tazas. "Entonces, ¿dijiste que necesitabas algo de mí?" Milo dijo,

"Sí". Jonathan movió la laptop y le mostró a Milo las múltiples pantallas de la misma. "¿Qué sabes de los contratos fáusticos y tratos con el Diablo?"

<u>Capítulo 4</u>

Si hubiera un rumor que llegara a la primera página de un periódico sensacionalista, sería algo así. "Chica universitaria firma un contrato de un millón de dólares con una marca de lujo". O " Chica universitaria protagonizará la adaptación local de la serie de televisión *Hit Reality*". O incluso mejor. "Se rumorea que una famosa estrella del pop tiene una relación con una universitaria local". Ese tipo de titulares serían realmente buenos para las ventas y darían de qué hablar. Incluso si sonaban bastante inverosímiles.

No en el caso de Claire. Nunca había tenido tanta suerte. Sí, era un elemento popular en las escenas de fiesta del campus. Pero nunca hasta el punto de que casi todo lo glamoroso le pudiera pasar a ella. Lo último que recordaba era haber asistido a una fiesta en una de las fraternidades de la Calle Griega, antes de salir a un cruce para algo.

Parece que no puede recordar lo que estaba haciendo allí, aparte de que estaba allí por una razón. Todo lo que recordaba era un taxi que se le acercaba y le preguntaba a dónde se dirigía. Y cuando entró en el taxi, pudo ver un anillo de rubí de aspecto glamuroso.

Cuando subió a su dormitorio, encontró a Artemisa estudiando como de costumbre. Vio que Artemisa se estremeció un poco y se cubrió la nariz. "Dios, hueles como un bar abierto. ¿Cuántas botellas has bebido?"

"No mucho". Claire dijo con un poco de mala intención en su respuesta. "Sólo las usuales... 5 botellas". Ella caminó a su lado de la habitación y se desplomó en su cama.

"¿Estás bien?" Artemisa preguntó. "No te ves muy bien".

"Sí". Ella dijo. "Sólo un poco cansada. Creo que voy a descansar. Pero... me siento bien. Me siento... como una ganadora."

"Vale, eso es raro". Artemisa dijo mientras escribía el resumen de sus hallazgos. Claire se estiró un poco y se quitó sus prendas de vestir antes de tirarlas en su cesto de ropa. Tomó su toalla y se dirigió al baño para ducharse. Desabrochó su horquilla y vio el anillo de rubí en su dedo. Y de repente recordó dónde lo había conseguido, la encrucijada a la que había ido después de la fiesta y los pasos que había hecho. Recordó el sonido de los cascos que golpeaban, y la apariencia de una bella mujer vestida completamente de blanco. Recordó cómo le habló a la dama, y cómo la dama respondió dándole uno de sus anillos antes de irse.

De repente se dio cuenta de que lo había hecho. Había convocado a la Dama a Caballo. Oh, ¿por qué le tomó tanto tiempo recordar? ¿Fue esto un efecto secundario de conocer a la Dama a Caballo?

A pesar de todo, a pesar de sentirse ebria, sintió que algo bueno iba a suceder, y decidió no quitarse el anillo al abrir la ducha. Después de todo, este iba a ser su amuleto de la buena suerte.

Se despertó a la mañana siguiente con el sol fresco de la mañana golpeando su cara. Alcanzó su teléfono, comprobó la hora y jadeó. Si no se levantaba y se vestía rápidamente, llegaría tarde a la primera clase. Peor aún, ¡iba a ser un examen! Corrió al baño y se dio una ducha rápida. Luego, corrió al armario y empezó a sacar ropa limpia, cuando Artemisa entró en la habitación después de su trote matutino.

"Vaya, ¿qué te tiene tan alterada?" preguntó mientras veía a Claire ponerse la ropa interior.

"No hay tiempo para hablar". Claire respondió. "Voy a llegar tarde a la primera clase".

"Oh, ¿no te has enterado?" Artemisa dijo. "La primera sesión de clases ha sido cancelada por hoy".

¿Qué? Claire dejó de peinarse y miró a Artemisa. "¿Qué dijiste? ¿Se cancela la primera sesión? No tenemos la misma clase".

"No, pero los jefes de departamento llamaron a todos los profesores para una asamblea." Ella respondió. "La próxima clase será después del almuerzo. Lo cual es bueno porque al menos puedo trotar antes de que cambie el clima".

¿La primera sesión fue cancelada? Claire no lo sabía. ¿Y todos los departamentos también? Esa fue una muy extraña y conveniente coincidencia. Miró el anillo de rubí en su dedo y se preguntó si esto tenía algo que ver con lo que le pidió a la Dama a Caballo.

Bueno, no tenía sentido apresurarse ahora. Pensó que, al menos, podría darse un baño rápido e ir al gimnasio con sus amigas. Después de todo, le quedaba mucho tiempo hasta la próxima sesión y podían pasar muchas cosas. Tomó su teléfono y comenzó a enviar mensajes a sus amigas para que se reunieran rápidamente en el gimnasio de la universidad. Luego se puso algo de ropa de ejercicio, tomó su botella de agua y se dirigió al gimnasio.

Encontró a sus amigas Annamarie, Jane e Yvonne esperándola en la entrada del gimnasio de la universidad. "Oye, te ves bien para alguien que se tomó cinco botellas de vodka y tequila". Yvonne dijo mientras entraban en el gimnasio. " Es bueno que la primera sesión de clases haya sido cancelada".

"Sí". Annamarie dijo. "¿Cuál fue la razón?"

"Algo sobre una asamblea". Yvonne dijo.

"De cualquier manera, fue un alivio". Claire dijo mientras firmaban sus nombres en el libro de registro del gimnasio. "Al menos evitaremos el examen sorpresa del Dr. Lewis".

"Eso significa que no podrás ver a Jonathan Madden". Jane se burló. Claire ignoró ese comentario mientras las cuatro chicas se dirigían a la fila de caminadoras que se paraban una al lado de la otra frente a una gran ventana. Al pisar las cintas, las chicas comenzaron a charlar como de costumbre sobre los temas que más les gustaban.

Los últimos chismes en las noticias de las celebridades. Las tendencias más candentes en, y nos atrevemos a decir, los medios de comunicación social influyentes. Las próximas ventas de sus tiendas de ropa favoritas. Y lo más importante, la próxima fiesta de la fraternidad. Claire, sin embargo, no parecía muy interesada en lo que estaban hablando. Francamente hablando, sus pensamientos estaban más en lo que había sucedido la noche anterior.

Aún recordaba haber visto al gran caballo acercarse a ella mientras estaba en el centro de la encrucijada. Recordó haber visto a la dama sobre su cabeza. Incluso si no podía recordar sus rasgos.

" Oye tú" dijo Yvonne mientras corrían en las caminadoras. "¿Estás bien?"

"Sí, ¿por qué lo preguntas?" Claire dijo mientras aumentaba la inclinación en su propia máquina.

"No estás hablando de Jonathan Madden como lo harías normalmente". Jane dijo. "¿No me digas que le has pedido salir otra vez?"

"No, no lo hice". Ella respondió. "No aún. Tengo la sensación de que algo bueno va a suceder."

"¿Qué te hace decir eso?" Annamarie preguntó entre sus exhalaciones.

"Bueno, la primera sesión fue cancelada, ¿verdad?" Claire dijo. "Tengo la sensación de que hoy va a ser un buen día. Lo sé."

"Sí, bueno, te creeré si sucede." Jane dijo. Después de un par de minutos en las caminadoras, las chicas fueron a la cafetería del otro lado del gimnasio a tomar un café. Mientras tomaban el café, un camarero se acercó a su mesa. "Hola". El barista dijo. "Estamos teniendo un concurso de premios instantáneos. Tenemos muchos premios en juego, incluyendo un contrato para ser la modelo oficial de nuestra compañía".

"¿Qué, un contrato de modelaje?" Jane dijo. "Suena interesante".

"Revisen debajo de sus tazas". El barista dijo otra vez.

Las chicas miraron debajo de las tazas como se les dijo. "Gané un vaso de diseñador". Yvonne dijo.

"¡Gané un mes de café gratis!" Annamarie dijo.

"Gané un planificador y un juego de bolsos". Jane dijo.

Oyeron a Claire tartamudear. Sus amigas miraron a Claire mientras miraba su taza. "Yo..."

"¿Qué pasa, Claire?" Yvonne preguntó.

"Gané el contrato de modelaje". Ella respondió. Todo el quiosco de café se quedó en silencio por un momento mientras miraban a Claire O Hara.

Asumamos por este mismo momento, que esto es una clase de estadística. La base de la estadística opera sobre la fundamentalidad de las proporciones. Hay casi 5 millones de personas en el Estado. Y hay casi 100 quioscos de café esparcidos por todas partes. En promedio, el quiosco serviría a 2000 personas en un día. Y en cuanto a los premios, sólo habría al menos cuatro grandes premios en juego. Por lo tanto, es lógico pensar que la probabilidad de ganar un gran premio sería de 1 a 1.000.

Esas eran probabilidades muy difíciles. Y para algunos, les gustaría aumentar las probabilidades de ganar comprando más. ¿Quién hubiera pensado que, en una sola compra, Claire O Hara ganaría uno de los codiciados grandes premios?

"Oh, Dios mío". Annamarie dijo. "¡¿Ganaste el contrato?!" "¡Eso es fabuloso!" Yvonne dijo.

"Felicitaciones". El barista le dijo a Claire mientras le entregaba un sobre. "Por favor, compruebe el contenido del sobre y aquí está la dirección de nuestro edificio corporativo. Ya he enviado un mensaje al departamento de marketing y se mueren por conocerte." Luego se excusó y volvió a su puesto.

Las chicas estaban muy emocionadas y felices por su amiga. Empezaron a alabar a Claire por sus logros. "Vaya, tenías razón en una cosa. "Jane dijo. "Dijiste que algo bueno iba a pasar."

"¿Fuiste a algún adivino y le preguntaste sobre el futuro?" Annamarie dijo.

"No". Claire dijo que con un aire de confianza. "Pero voy a disfrutar del día". Se levantó y les dijo a sus amigos que se dirigía a la dirección de la empresa. Luego se despidió de ellas y caminó de vuelta a su dormitorio.

Al entrar, vio a Artemisa mirando algunas prendas de ropa en su cama. "¿Qué estás haciendo?" Preguntó, observando el rostro confuso y ligeramente perturbado de Artemisa.

"Bueno, estoy tratando de elegir la ropa apropiada para esta tarde." Artemisa dijo. "Y el hecho de que el pronóstico va a ser algo sombrío y húmedo, estoy considerando algo cálido y de manga larga." Claire recordó repentinamente que hoy era la "cita" de la tarde de la que hablaba Artemisa. Entonces se dejó caer en la cama y dijo. "Oh, claro, hoy es tu cita de la tarde. ¿Y todavía no me dices con quién estás saliendo?"

"Por última vez, no es una cita". Artemisa dijo. "Además, lo diré de nuevo. ¿Qué te importa a ti a quién estoy viendo?"

"Bueno, soy tu compañera de cuarto y no puedo dejar que mi compañera de cuarto vaya a una cita pareciendo que trabaja en la biblioteca". Claire dijo.

"Vaya, es un consuelo saberlo". Dijo en un tono ligeramente sarcástico. No le gustaba la vanidad y la apariencia, y no era del tipo que escucharía a gente como Claire. Aun así, había una ligera insinuación de que tenía buenas intenciones en su declaración. Podía ver a Claire escudriñando la ropa de la cama, estudiándola con gran escrutinio, como si fuera una experta en el delicado arte de las antigüedades y la datación por carbono. O al menos, una experta en detalles.

"¿Tenías un traje en mente?" Claire preguntó

"Bueno..." Artemisa comenzó. "Iba a por este jersey y estos pantalones". Señaló un suéter de gran tamaño y unos pantalones salpicados de pintura. Claire levantó una ceja y preguntó. "¿Y dijiste que iba a ser una cita para tomar un café?"

"De nuevo, no es una cita". Artemisa repitió. "Y sí, es una cosa de cafetería".

"Bueno, no puedes ir allí vistiendo eso". Claire dijo, levantándose y hurgando en el lado de Artemisa del armario. "Dios, ni siquiera tienes nada sexy aquí".

"No tengo tiempo ni necesidad de tener ropa sexy". Artemisa se cruzó de brazos. "Y no entiendo por qué me estás 'ayudando'."

"Estoy de buen humor". Claire dijo, estudiando camisa tras camisa. "Hoy he tenido mucha suerte y estoy de humor para compartir mi buena fortuna". Se detuvo ante una blusa y sonrió. "Oh, esto es sexy". Ella lo sacó. Era una blusa delgada con tirantes hecha de encaje de ojal blanco y cortada en forma de corsé. "¿Por qué no te pones cosas como esta?"

"Porque sólo me pongo eso si llevo un cárdigan". Ella respondió.

"Bueno, llévalo como está". Claire dijo. "Y también, esto". Sacó un par de vaqueros de color azul oscuro. "Este es como el traje perfecto para una cita".

"Por última vez, no es una..." Artemisa se había rendido de alguna manera. Podía ver que Claire estaba de buen humor e incluso si era sólo una cosa de improviso, era mejor que las risas habituales que obtendría de Claire.

"Ya sabes..." Claire continuó diciendo con un tono poco convencional del que Artemisa se dio cuenta rápidamente. " Eres muy sexy y bonita. ¿Por qué no intentas ese ritual?"

"¿Qué ritual?", preguntó.

"¿Alguna vez has oído hablar de esa rima, 'Monta un caballo de juguete'?" Claire dijo. "Bueno, hay un ritual que, si lo haces, el éxito y los deseos se harán realidad."

"Suena como uno de esos juegos que se juegan durante las pijamadas como Bloody Mary o Charlie, Charlie." Artemisa dijo. "¿Realmente crees que funciona?"

"Nunca se sabe". Claire respondió. "Deberías probarlo". Después de seleccionar el traje para Artemisa y ponerlo en su cama, tomó su propia toalla y se dirigió a la ducha para un largo y refrescante baño. Después de todo, si iba a firmar el contrato de modelo, tenía que verse fresca y con energía. Salió y se cambió de ropa. Recogió su bolso y se dirigió a la puerta.

"Bueno, me voy". Se lo dijo a Artemisa. "Diviértete en tu cita". Se rio y salió de la habitación.

****

Claire llamó un taxi y viajó hacia la dirección escrita en el sobre. Mientras estaba en el taxi, abrió el sobre y echó un vistazo a su contenido. Estaba el contrato de modelaje y varios cupones de regalo. Leyó el contrato y se sorprendió al ver cuánto ganaría. El taxi se detuvo en un edificio alto con grandes ventanas de vidrio. Claire se bajó, entró y preguntó por el jefe de marketing. El conserje la dirigió a una sala de espera. Claire caminó a la sala y se sentó en uno de los sofás. Sentado frente a ella había un hombre vestido con un traje. Él estaba mirándola de pies a cabeza. Tenía una mirada penetrante, que, en cierto modo, la molestaba enormemente. Entonces, se acercó a ella y le dijo. "¿Alguna vez le han dicho que tiene un gran físico?"

Claire lo miró y dijo. "Sí, mi instructor de fitness dijo que realmente tengo los abdominales tonificados. Vaya, esto hace que el trabajo de modelo sea pan comido".

"¿Te gustaría tener un contrato de modelaje con Modelos Pandora?" preguntó sacando una tarjeta de presentación de su chaqueta.

Claire conocía a Modelos Pandora; era una de las agencias de modelos más famosas del país. Ella conocía a las antiguas modelos de la agencia. La mayoría de ellas habían pasado de ser modelos a actuar e incluso dirigían sus propias agencias de modelaje. No podía creer su golpe de suerte cuando el hombre le dio la tarjeta. Él continuó diciendo que, si ella tenía tiempo, podría pasar por la agencia.

"Estoy seguro de que no necesitaremos un currículum y fotografías de muestra." Dijo cuando ella le preguntó. "De hecho, estoy seguro de que incluso le darán un contrato".

¿Otro contrato de modelaje? No podía creer su suerte. Cuando finalmente conoció a los jefes de marketing del contrato de modelo, la sorprendieron con un bono que era el doble de su propia matrícula. Después de firmar el contrato, salió rápidamente del edificio, llevando en su bolso la gran cantidad de dinero que esperaba para gastar. Miró su reloj. Todavía estaba a tiempo de ir a Modelos Pandora antes del próximo período.

Levantó la mano e intentó llamar a un taxi. Mientras el coche se acercaba lentamente a ella, Claire sintió de repente una fuerte ráfaga de viento frío. Miró hacia arriba para ver el cielo. Todavía estaba soleado y brillante. Miró a su alrededor y vio una extraña niebla formándose en la distancia. ¿Por qué había niebla? Ella pensó que mientras él escuchaba el taxi detenerse frente a ella. Abrió la puerta, entró y le indicó al taxista que la llevara a Modelos Pandora. Mientras el taxi se alejaba, Claire miró por encima del hombro y vio la extraña niebla que aún se formaba en la distancia.

****

"Lo siento, mon ami". Milo dijo, mirando a Jonathan mientras se sentaba en el escritorio. "¿Tratos con el Diablo? Mon dieu ese es un tema que mi familia y yo evitamos en la medida de lo posible."

"¿Oh?" Jonathan preguntó. "¿Por qué?"

"No es obvio, pero soy católico". Milo respondió. "Y somos muy religiosos en nuestra comprensión del mal tanto visto como no visto".

"Ya veo". Jonathan dijo. "Lo siento si he tocado un tema que te hace sentir incómodo".

"Oh no, para nada". Milo sirvió otra taza de café de su termo. "Eso no significa que no pueda ayudarte. Entonces, ¿qué quieres saber?"

"Comprensión general". Él respondió. " Eres un experto en literatura. Estoy seguro de que debe haber una historia de fondo en todo esto." Milo se recostó en la silla y pensó en la pregunta. Jonathan miró la expresión de Milo. Tal vez debió hacer una pregunta bastante difícil. Jonathan pensó.

"Para ser honesto, mon ami". Milo comenzó. "Hay muchas historias sobre tratos con el diablo que se cuentan en varias culturas. Estoy seguro de que conoces a Fausto, ¿verdad?"

"Si no me equivoco, Fausto era un médico y alquimista que pidió al diablo, Mefistófeles, que le concediera un inmenso conocimiento, poder y sus servicios." Él respondió. "A cambio, Mefistófeles servirá a Fausto durante un número determinado de años. Una vez que los años terminen, reclamará el alma de Fausto como pago".

"Es difícil de creer, ¿no?" Milo dijo. "Fausto consigue lo que quiere, pero cuando se acerca la fecha límite, lentamente comienza a arrepentirse del trato".

Jonathan trató de imaginarse en los zapatos del hombre. ¿Qué pudo haber pasado por su mente cuando tomó esa decisión? ¿Fue constantemente ridiculizado por sus ideas? ¿Se le comparó constantemente con alguien de mayor reputación? ¿Quería satisfacer sus orgullosos impulsos de someter a un ser poderoso a su disposición? ¿Y qué pasó después de que se cumplió su deseo? Se preguntaba si sentía satisfacción o codicia.

"¿Alguna vez la historia cuenta lo que sintió Fausto?", preguntó.

"No lo sé, mon ami." Milo respondió. "Pero su historia no es la única de esa clase. En Francia, se habla de un director de orquesta,

Philippe Musard, quién era popular en los teatros. Y también está este músico. ¿Robert Johnson?"

"Sí". Jonathan dijo. "La leyenda dice que iba caminando hacia una encrucijada una noche sombría y entró en contacto con un extraño bien vestido. El desconocido resultó ser el diablo, que le ofreció el extraño dominio de la guitarra y la habilidad para tocarla." Se detuvo un momento. Había algo vagamente familiar en esa historia.

"¿Tiene algo que ver con ese nuevo juego ritual?" Milo preguntó. "¿Esa dama del caballo?"

"En realidad no, no." Jonathan respondió. "Pero... a decir verdad, sigo escuchándolo por el campus. La mayoría de las chicas piensan que es real. Incluso la compañera de habitación de Artemisa piensa que es real..."

Aquí, Milo Garnier sonrió socarronamente a Jonathan y le dijo. "¿Artemisa? ¿Es la chica que estabas viendo antes?"

Jonathan tartamudeó, no esperando decir su nombre. Había hecho todo lo posible para mantener las cosas en secreto, especialmente cuando se trataba de cosas que podían ser malinterpretadas por otros. Aun así, no había manera de evitarlo; él mismo había dicho su nombre. Había que hacer control de daños. "Sí, Artemisa Rosi". Dijo. "Ella es una estudiante de Historia..."

"Espera un minuto". Milo dijo como si Jonathan hubiese dicho algo familiar. "¿Rosi? ¿Cómo George Rosi?"

"¿Quién es George Rosi?" Él preguntó.

Milo jadeó mientras respondía. "George Rosi es el mayor experto en literatura histórica y adaptaciones modernas. Ha escrito libros y artículos sobre adaptaciones históricas en la literatura."

¿Posible pariente? ¿Un padre tal vez? Jonathan pensó. Tiene sentido que ella se dedique a estudiar Historia entonces. Tal vez ella quiere ayudarlo en su investigación. Esa era la razón más probable.

Milo continuó. "¿Le preguntaste si ella estaba relacionada con George Rosi? Si es así, ¿crees que pueda conseguirme un autógrafo?"

"¿Podemos volver al tema?" Jonathan dijo. "En cierto modo, tiene algo que ver con ese ritual. Pero personalmente no creo que sea real".

"Si crees que no es real, entonces ¿por qué estás algo involucrado en ello?" preguntó.

Esa es una muy buena pregunta. Pensó. Si no creía que fuera real, ¿por qué estaba interesado en ello? "Puedo decírselo." Milo añadió. "El mal y el pecado nos rodean. Tanto lo que se ve como lo que no se ve. Y no importa cuán desesperados estemos por el éxito, la fama y la fortuna, no debemos caer en la tentación. Porque es una elección de la que nos arrepentiremos y condenaremos nuestras almas al infierno".

Jonathan tomó en consideración la última afirmación que hizo. No quiso decirle a Milo lo que había visto antes. Después de todo, podría haber sido su mente hiperactiva creando la imagen de la silueta en la cortina. Pero, por otra parte, ¿por qué esa silueta en particular. De cualquier manera, él obtuvo un poco de información de las historias de Milo. Pero tal vez había más. Y la biblioteca podría tener la respuesta que necesitaba.

Al día siguiente, Jonathan caminó hacia la biblioteca para ver algunos libros sobre ciertos temas para su tarea. Había algo en la biblioteca que atraía mucho a Jonathan. La biblioteca de la universidad era un gran edificio que recordaba al viejo estilo Streamline Moderne que era famoso a principios de los 40. El interior también era del mismo estilo, con enormes estantes apilados con libros, retratos de figuras famosas y paisajes, cómodos sofás y mesas y sillas ocupadas por estudiantes que leían y estudiaban. Jonathan se dirigió a los catálogos computarizados y comenzó a escribir en los motores de búsqueda.

"Sr. Madden". Jonathan escuchó la voz del Dr. Lewis. Se volvió para ver al Dr. Lewis caminando hacia él. "¿Haciendo los deberes?", preguntó.

"Algo así". Jonathan dijo. El Dr. Lewis miró la pantalla y se fijó en los títulos. "Hmm... Folklore y cuentos populares ¿Está interesado en entender el folklore local?" El Dr. Lewis preguntó.

"Algo así, Dr. Lewis". Él respondió. "Estaba leyendo un capítulo de uno de mis libros de texto, y me encontré con varias anécdotas sobre pactos sobrenaturales en la sociedad."

"Ah, conozco sobre eso." El Dr. Lewis dijo. "Entonces, quieres saber por qué la mayoría de las sociedades atribuyen el éxito repentino a los tratos con el diablo, ¿verdad?"

"Sí". Jonathan dijo.

"Bueno, buena suerte en tus estudios". El Dr. Lewis dijo. "Lo que me recuerda, ¿ya has pensado en mi pasantía? Todavía estoy buscando candidatos, y hasta ahora, sólo tengo dos. Me vendría bien un par de manos adicionales".

"Uh, sí". Él respondió. "No he podido enviar mi currículum por correo electrónico todavía. Con todos los temas y los deberes y esas cosas".

"Ya veo". El Dr. Lewis dijo. Luego se excusó y caminó hasta el escritorio de la bibliotecaria para sacar algunos libros. Jonathan, habiendo obtenido los números de los libros y su ubicación, caminó apresuradamente a las estanterías para buscar los libros. Mientras revisaba los títulos en los lomos de los libros, pudo oír a un grupo de chicos susurrando entre ellos a unos pocos estantes de distancia.

"... ¿alguna vez la has besado?", preguntó uno.

"...mejor. Bailé con ella." Otro respondió.

"Claire O'Hara es tan sexy". Otro chico dijo. "Y escuché que acaba de firmar dos contratos de modelaje".

"Ella es muy atractiva." El primer chico dijo.

¿Claire O'Hara? ¿No se llamaba así la chica que habló del ritual de la Dama a Caballo con sus amigas durante la clase del Dr. Lewis? Jonathan pensó, y luego continuó con su búsqueda de libros mientras escuchaba.

"He oído que ha empezado a trabajar de modelo esta mañana". Un chico dijo. "¿Me pregunto cómo sería salir con una modelo?"

Jonathan escuchó a los chicos alejarse lentamente. "Finalmente, algo de paz y tranquilidad. Pensó. Encontró uno de cada tres libros que estaba buscando. Pudo ver lo viejas y deshilachadas que estaban las tapas de los libros. Miró el título. Cuentos populares y leyendas. Las páginas también estaban ligeramente desgarradas y amarillas por la antigüedad; quizás otros habían tomado prestado este libro más a menudo.

Empezó a buscar el siguiente libro, cuando de repente escuchó una extraña voz cantando una rima demasiado familiar. " Monta un caballo de juguete en la encrucijada al alba. Para así ver a la Dama en el blanco caballo que cabalga... Anillos en sus dedos, campanillas en sus pulgares. Ella traerá la música no importa en qué lugares..."

 Ver a una bella dama sobre un caballo blanco... Anillos en sus dedos y campanillas en sus pies. Y ella llevará la música... dondequiera que vaya..."

Miró a través del espacio entre los estantes de los libros para encontrar la fuente de la voz cantante. Pero no pudo ver nada ni nadie. La voz comenzó a crecer lentamente, como si alguien se acercara a él. De repente, pudo oír el sonido de las campanas que venían de atrás. Se dio la vuelta y no vio nada. Lentamente, dejó salir una fría bocanada de aire mientras el canto se hacía cada vez más fuerte.

Y entonces lo vio, por el rabillo del ojo, una extraña forma blanca detrás de una de las estanterías a unos metros de distancia. Miró en la dirección de la forma y entrecerró los ojos un poco. La forma parecía extrañamente familiar. Entonces supo lo que era.

 Era la forma de la mujer de blanco que vio a través de las cortinas de la ducha. Había empezado a caminar hacia la mujer cuando de repente sintió un ligero mareo. Se apoyó lentamente en una estantería mientras intentaba orientarse. Sintió que algo o alguien le estaba agobiando, y no pudo averiguar cómo. Lentamente miró hacia arriba y vio que su visión se estaba volviendo borrosa. Y aun así pudo ver la forma de la mujer, que, para su sorpresa inmediata, caminaba hacia él.

"¿Quién es usted?" preguntó aturdido, todavía apoyado en una estantería. La mujer se acercaba lentamente a él, y en ese momento, la canción se había hecho más fuerte hasta el punto de que era lo único que podía oír.

" Monta un caballo de juguete en la encrucijada al alba. Para así ver a la Dama en el blanco caballo que cabalga... Anillos en sus dedos, campanillas en sus pulgares. Ella traerá la música no importa en qué lugares..."

Miró a la mujer y pudo ver lo que asumió que era su cara. Pero era un rostro que le enviaba escalofríos por todo su cuerpo. Antes de que pudiera registrar los rasgos, Jonathan cayó lentamente de rodillas y se desplomó en el suelo.

****

Podía oír voces frenéticas a su alrededor mientras una mano le acariciaba suavemente la mejilla. Un fuerte y ligeramente químico aroma penetró bajo su nariz, causando que se despertara. Abrió lentamente los ojos y vio a la bibliotecaria y a la enfermera de la universidad rodeándole; un pequeño frasco de sales aromáticas en la mano de la enfermera.

"Gracias a Dios que ha vuelto en sí". El bibliotecario dijo. "¿Está bien, joven?"

"Sí, estoy bien". Jonathan dijo que mientras se levantaba lentamente. "¿Qué ha pasado?"

"Debes haberte desmayado". La enfermera respondió. "¿Ha estado comiendo o durmiendo correctamente? ¿Quizás necesitas descansar más?"

"Estoy bien, no se preocupe". Él respondió. "Escuchen. ¿Alguno de ustedes ha visto a una mujer vestida de blanco?"

El bibliotecario y la enfermera se miraron de forma confusa. "Lo siento, cariño, pero ¿qué quieres decir con vestida de blanco?"

"Vale, está bien, olvídenlo." Jonathan dijo. "¿Alguien tocaba las campanas o cantaba una vieja canción infantil?"

"¿Estás seguro de que estás bien?" preguntó el bibliotecario. "Tal vez necesite descansar en la clínica."

"No, estoy bien, lo prometo." Dijo. ¿Significa que no vieron a la mujer y no oyeron la rima? Él pensó. Si es así, ¿qué estaba pasando? Les aseguró a la enfermera y a la bibliotecaria que estaba bien. Entonces, sacó los libros que quería e inmediatamente dejó la biblioteca.

Era la segunda vez que veía a la mujer extraña, y empezaba a pensar que algo extraño estaba pasando en la universidad. De cualquier manera, estaba seguro de que tenía algo que ver con la Dama a Caballo. Rápidamente sacó su teléfono y marcó un número. "Vamos, contesta... Artemisa... Hola, soy Jonathan. .... escucha, umm... ¿puedo verte hoy? Es muy importante.... ¿en serio? Ok genial, entonces... ¿la cafetería del campus? Ok, nos vemos." Se embolsó el teléfono y se fue corriendo a la cafetería.

<u>Capítulo 5</u>

¡Mira hacia aquí, cariño!" Hubo un brillante destello de luz mientras Claire estaba rodeada de hombres que llevaban cámaras, y maquilladores que se movían con estuches de maquillaje. Ella nunca había estado en una sesión de fotos profesional, y mucho menos usado ropa tan hermosa y glamorosa. Nunca había sido atendida de pies y manos, y lo que es más importante, nunca había tenido a tanta gente dándole un cumplido tras otro.

"¡Tienes talento natural!" dijo el fotógrafo. "Ahora, ponme una carita divertida".

Claire le dio la vuelta al cabello y le dio al fotógrafo lo que quería. Cuando revisaron los carretes de fotos, estaba claro para todos que se había presentado un dilema. Todas sus fotos estaban hermosamente tomadas y tenían que decidir cuál usarían. Mientras los fotógrafos se preocupaban por la difícil decisión, Claire se dirigió a la zona de espera y se peinó de nuevo.

"Vaya, lo hiciste muy bien". Una de las modelos sentadas cerca dijo. "Esta es tu primera sesión de fotos, ¿verdad?"

"Para ser la primera vez, eres bastante buena". Otra modelo dijo.

"¿Por primera vez? No, tengo talento natural. Claire pensó mientras el estilista comenzó a peinarla. Siempre he sido muy natural cuando se trata de estar frente a la cámara. Además, mantengo mi cuerpo en forma. Así que, si uno se pone a pensar, esa ropa fue hecha para mí. Luego vio a varios hombres famosos que habían venido a la sesión de fotos. Ella veía lo guapos y atractivos que eran. Incluso reconoció a algunos de ellos en revistas y programas de televisión. Vio a uno de ellos acercarse a ella. Ella sabía quién era; lo había visto en una de sus series de televisión favoritas. Randy Fairbanks. Era un hombre guapo con pelo castaño y rubio, y unos ojos verdes muy bonitos. Tenía un pecho firme y una sonrisa sexy que podía hacer que cualquiera se derritiera. "Hola..." dijo con un tono varonil. "Soy Randy. Te ves muy bien en esas fotos".

"Caramba, gracias". Claire dijo.

"¿Esta es tu primera vez?" preguntó.

"Sí".

"Bueno, tienes un talento natural." "Oh, Dios mío". Ella pensó. La felicitó y le dijo que tenía talento natural. "Oye, me preguntaba, ¿te interesaría salir a cenar conmigo mañana?"

"Oh, me gustaría eso." Claire dijo.

"Entonces, mañana digamos... ¿6 p.m. en el Chez Panisse?" preguntó, sacando su teléfono y consiguiendo su número. Claire no podía creer lo que estaba pasando. Aquí estaba una de las celebridades más famosas invitándola a cenar en uno de los restaurantes más fabulosos y lujosos de la ciudad. Mientras se dirigía a la sesión de fotos, las otras modelos comenzaron a agolparse alrededor de Claire y empezaron a felicitarla por su próxima cita y su increíble circunstancia.

"¡Oh Dios mío!" dijo una modelo. "Vas a tener una cita real con Randy Fairbanks."

"Escuché que es un millonario que se hizo a sí mismo", dijo otra modelo.

"Bueno, eso es lo que se espera de un tipo que está relacionado con Douglas Fairbanks." Otra modelo añadió. "Es una forma segura de hacerse famoso".

"¡Tienes mucha suerte!"

¿Suerte? Pensó mientras miraba el anillo de rubí en su dedo. "No es suerte, es el deseo que me concedió". Ella pensó. En cuanto terminó el rodaje, metió sus cosas en su bolso y salió del estudio. Se paró al lado de la carretera e intentó llamar a un taxi, cuando un brillante y rojo coche deportivo se dirigió hacia ella. El conductor bajó la ventanilla para revelar los hermosos rasgos de Randy al volante.

"Hola de nuevo". Dijo. "¿Qué estás haciendo aquí?"

"Esperando un taxi". Ella respondió. "Todavía voy a la universidad y tengo que volver a tiempo para mi próxima clase."

"Puedo llevarte". Randy dijo mientras abría la puerta del asiento del pasajero. "Entra".

"¿En serio, no te importa?" Ella preguntó.

"Bueno, parece que está a punto de llover". Él respondió. "Además, los taxis son difíciles de encontrar a esta hora." Fiel a su palabra, el cielo se volvió lentamente oscuro y sombrío, y pequeñas gotas de lluvia comenzaron a caer. "Entra o te resfriarás."

Claire, al ver que no entraba ningún taxi, se metió rápidamente en el coche deportivo rojo de Randy. Mientras se abrochaba el cinturón de seguridad, Randy le tendió una toalla seca para la cara. "Toma, puedes usar esto". Dijo. Claire se secó la cara y se apoyó en el asiento del coche, mientras Randy conducía por las calles ahora empapadas de lluvia.

Si pudieran imaginar lo que era estar sentado en el coche de una famosa celebridad, que no sólo te ofrecía un paseo, sino que también te ayudaba a salir de la lluvia torrencial, probablemente se sentirían como si estuviesen flotando en las nubes. O tal vez pensarían que se encuentran en un sueño eufórico del que nunca quisieran despertar. Pero Claire tenía una sensación diferente respecto a todo esto. Era una sensación de indulgencia; de que todo se le debía. Por lo tanto, era natural que alguien tan famoso y guapo como Randy Fairbanks la llevara a la universidad.

"Ya sabes", empezó Randy. "Eres muy... muy... guapa". Y empezó a felicitarla y a hablarle de cómo ella parecía ser una sensación de la noche a la mañana, y de cómo su futuro se veía brillante. Llegaron a un semáforo y continuaron su charla. Claire se recostó en el asiento del coche y escuchó el sonido de la lluvia, la radio del coche y... el sonido de los cascos.

De repente se sentó derecha y miró a través de la ventana densamente cubierta y se asomó a las calles. ¿Qué fue ese extraño sonido que escuchó? ¿Cascos? ¿Había caballos afuera?

"¿Estás bien?" Randy preguntó, notando como de repente se veía bastante asustada. "¿Acabas de pensar en algo?"

"¿Oíste ese extraño sonido?", preguntó.

"¿Qué sonido extraño?" preguntó

"Sonaba como.... cascos." Claire miró por la ventana.

"Como los cascos... de un caballo".

"Lo siento. No escuché nada." Randy dijo.

Claire miró de nuevo por la ventana y cuando estuvo segura de que no había nada, se sentó en el asiento y se rio nerviosamente. "Tal vez son todas esas luces intermitentes las que me están poniendo de mal humor".

"Bueno, eso pasa la mayoría de las veces." Randy dijo. "Te acostumbrarás a ello. Pero tienes que descansar de vez en cuando."

La luz roja se volvió verde y lentamente reanudaron el viaje. Claire dejó escapar un suspiro de alivio mientras Randy le sonreía y conducía. Después de todo, la vida estaba empezando a mejorar para ella. No había forma de que un sonido extraño arruinara este momento.

****

Todas las chicas se reunieron para asomarse por las ventanas de sus dormitorios, para poder ver mejor lo que ocurría afuera; algunas incluso sacaron sus teléfonos. Un brillante y rojo coche deportivo había llegado hasta el frente del dormitorio de las chicas. El conductor había salido del coche, y para sorpresa de los inquilinos, no era otro que el famoso actor y modelo, Randy Fairbanks. Todas las chicas empezaron a reírse y a murmurar entre ellas. ¿Por qué estaba una celebridad estacionada fuera de un dormitorio universitario? Vieron como Randy caminaba hacia el otro lado del coche y abría la puerta del lado del pasajero. Las chicas no podían creer quién fue la que salió del coche; ¡Era Claire O' Hara! Inmediatamente, comenzaron a hablar una vez más cuando vieron a Randy Fairbank besar a Claire en la mejilla y despedirse de ella. Mientras el coche se alejaba, Claire caminó hasta la puerta principal y entró. Se encontró cara a cara con sus tres amigas Yvonne, Annamarie y Jane. Detrás de ellas estaban los otros residentes del dormitorio. Rápidamente se agolparon alrededor de Claire y comenzaron a preguntarle.

"Oh Dios mío, ¿ese era Randy Fairbanks?" Yvonne preguntó.

"¿Vienes de tu sesión de fotos?" Jane añadió. "¿Estaba en la sesión de fotos?"

"Hablando de eso, ¡te ves bien!" Yvonne dijo. "¿Son esas prendas nuevas las que usaste en la sesión de fotos?" Se refería a la ropa nueva y a las cosas que llevaba Claire. Para un estudiante universitario, la idea de usar marcas lujosas era un sueño. Y Claire no era la excepción. Pero para ella en particular, el sueño era una realidad. Llevaba una hermosa blusa de Versace que parecía hecha a medida para ella, un par de los famosos zapatos Louboutin de suela roja, un collar con joyas de Swarovski y, finalmente, un hermoso bolso de Prada.

"Sí". Claire respondió. "Son muestras de los diseñadores para mis hermosas tomas. Me atrevo a decir que los haré famosos con mi apariencia." Había una sensación de pompa y orgullo en su tono. Era natural, por supuesto. ¿Quién no sentiría la satisfactoria sensación de validación y admiración proveniente de la gente que uno alguna vez aspiró a ser y más? "Y mañana, voy a cenar con Randy Fairbanks en el restaurante Chez Panisse." Añadió.

Había "oohs" y "aahs" y "oh Dios mío" viniendo de sus amigos y las chicas que la rodeaban. ¿Una estudiante universitaria saliendo con una famosa celebridad? Eso era algo así como un sueño hecho realidad para la mayoría de las chicas.

"¡Oh Dios mío!" Una de las chicas empezó. "¡Eres la chica más afortunada del mundo!"

"¡Le gustas mucho!" Annamarie dijo. Yvonne se inclinó y le susurró al oído a Claire. "¿No crees que es mucho mejor que tener al hermano pequeño de Alex Madden ignorándote? Lo hiciste mejor".

"Lo hice mejor". Claire pensó mientras se deleitaba con los cumplidos de las chicas. ¿Y qué si no puedo salir con el hermano pequeño de Alex Madden? ¡Ya soy una modelo! Un talento que pronto será descubierto. Y voy a cenar con el más hermoso y endiabladamente guapo Randy Fairbanks. Se excusó y subió las escaleras de su habitación.

Entró en su habitación y vio a su compañera de cuarto, Artemisa... envolviendo su cabello mojado con una toalla y sentándose junto a su escritorio en un kimono blanco y azul. "Entonces, ¿fuiste a otra cita?", preguntó.

Artemisa levantó la vista y dijo. "Oh, has vuelto. Lo siento, tenía otras cosas de las que preocuparme. Además, está lloviendo. Y no es una cita".

"Bueno, vamos a esperar por ello." Claire dijo mientras tiraba su bolso encima de su cama. "Recuerda mis palabras, seguro que te vuelve a invitar a salir. Ahora en serio..." Se sentó en su silla y miró a Artemisa". ¿Alguna vez me dirás quién es el tipo?"

"No". Artemisa dijo. "Porque no es asunto tuyo".

"¿Vas a tener al menos una cita en el spa?" Preguntó, mirando a Artemisa de pies a cabeza.

"No, porque no es necesario y es un poco caro."

"Te voy a conseguir una cita." Claire sacó su teléfono. "En serio, eres como esa chica patito feo de esa película de los 90. ¿La de Freddie Prinze?" Empezó a marcar un número y empezó a hablar por teléfono. Después de lo que parecieron unos minutos, colgó el teléfono. "Bien, ya está todo listo. Te he reservado un spa en el Bella du Amor Spa. No te preocupes por el coste, ¿vale?"

"No tienes que hacerlo". Artemisa dijo.

"Eres mi proyecto favorito". Exclamó. "Y, además, no se puede saber que tengo una compañera de cuarto que parece ser... muy corriente".

"Vaya, gracias por eso entonces". Artemisa levantó una ceja, ligeramente trastornada con esa afirmación. Pero como siempre, Claire era del tipo que no podía entrar en razón. Incluso si decía algunas cosas desagradables. Por otra parte, Claire podía dar su visión de las cosas. Después de todo, las posibilidades de que tu suerte mejorara eran astronómicamente improbables. Ella lo sabía con certeza.

"Pero..." Claire continuaría. "Un cambio de imagen no es lo único que puede hacer que tu vida sea mejor. Tienes que trabajar para ello".

Eso suena un poco hipócrita de su parte, pensó. Considerando que hace unos días, ella era como todos los demás, excepto por su continua necesidad de ir a fiestas y nunca enfocarse en la universidad. Por lo tanto, era bastante extraño para alguien como Claire predicar sobre el trabajo por algo.

"Eso no significa que no necesites un poco de ayuda". Claire dijo. "Deberías intentar todo lo posible".

"¿Incluso... no sé... rituales de deseos?" Artemisa preguntó.

Claire miró a Artemisa como si hubiera dicho algo correcto. Luego respondió. "Bueno, sí, eso también. Quiero decir, he probado muchos de esos juegos y no lo sabrías, creo que mi suerte ha sido la mejor." Se levantó, se quitó la ropa y se puso la ropa de dormir. "¿Vas a estar despierta toda la noche?" preguntó.

"En realidad no, sólo voy a leer unos cuantos capítulos más. Luego dormiré". Artemisa respondió. "¿Por qué?"

"Bueno, necesitaré dormir temprano. He tenido un día muy impresionante y tengo la intención de tener otro día impresionante mañana." Claire se metió en la cama, se puso un antifaz sobre los ojos y se fue a dormir. Hoy fue un gran día, pensó. Y mañana será aún más grande. Bostezó y se durmió lentamente.

****

Las cámaras parpadeaban por todas partes, mientras Claire caminaba por la lujosa alfombra roja de fieltro hacia un gran edificio. Caminando a su lado, con su brazo enlazado alrededor de su brazo derecho, estaba Randy Fairbanks. En el otro brazo estaba otra celebridad de aspecto atractivo. Sonreía con felicidad y deleite cuando los fotógrafos le tomaban fotos y los reporteros la entrevistaban por el camino.

La Naciente Maravilla, pronto la llamarían. Y esta noche era el estreno de su exitosa película. Estaba vestida con un hermoso vestido de Balenciaga y tenía un chal de piel envuelto en sus brazos. Tenía brillantes joyas búlgaras, y su maquillaje complementaba todo el look.

Un periodista se acercó a ella y comenzó a entrevistarla. "Claire, cuéntanos. ¿Cómo te sientes esta noche?"

"Qué pregunta". Pensó mientras miraba las estrellas brillantes de la noche y respondió. "Me siento mágica. Este es un sueño hecho realidad."

"Cuéntanos lo que pasa por tu mente". El reportero dijo sosteniéndole el micrófono. Claire se inclinó y respondió. "Estoy muy feliz. Todo es perfecto. Como si nada pudiera estropearlo".

"¿Cuál es tu secreto?"

"Oh, trabajo duro". Ella lo enumeró. "Dedicación". Perseverancia..."

"¿Tomar decisiones?" El reportero añadió de manera ominosa. "¿Hacer un pacto?" Claire parpadeó ante la declaración del reportero. Ella levantó la vista para darse cuenta que el reportero se había ido. Luego miró a sus lados, ¡Randy Fairbanks y el otro hombre se habían ido!

Los fotógrafos habían desaparecido y el hermoso edificio con las luces brillantes se había derrumbado, hasta que no era más que un feo montón de escombros. La lujosa alfombra roja estaba ahora deshilachada y destrozada, como si hubieran pasado décadas desde que vio su esplendor. Claire se encontró de repente en lo que parecían las ruinas de un antiguo y hermoso teatro. Había una abundancia de sobrecrecimiento y enredaderas, y una sensación dominante de aislamiento y horror.

Claire no podía comprender lo que estaba sucediendo. ¿Cómo terminó en este lugar? ¿Y dónde estaban todos? Entonces escuchó una extraña voz de niña cantando.

" Monta un caballo de juguete en la encrucijada al alba. Para así ver a la Dama en el blanco caballo que cabalga... Anillos en sus dedos, campanillas en sus pulgares."

"Ella traerá la música... no importa en qué lugares..."

Esa rima. Ella pensó. La rima que sus padres solían cantarle cuando era una niña. La rima que, por alguna razón, era ominosa y presagiadora. Ella escuchó la voz constantemente haciendo eco en toda el área. Luego escuchó el sonido de campanas parpadeantes y gruñidos como de caballo. Miró a su alrededor y vio una extraña niebla que se acercaba lentamente. Se vio obligada a alejarse de los escombros.

Mientras lo hacía, escuchó el sonido de los cascos que venían hacia ella. Lentamente, se arrastraban a un ritmo bastante tranquilo. Pero había algo dentro de Claire que la hacía querer caminar más rápido. Después de todo, la pregunta del reportero y el repentino cambio de lugar eran cosas que generalmente la asustaban. Caminaba más rápido, levantando los trozos de su falda y teniendo cuidado de no tropezar. Los cascos también empezaron a moverse rápido, casi como si fueran al galope. Claire rápidamente tomó el ritmo y comenzó a correr. Y cuando empezó a correr, llegó un fuerte y amenazador relincho mientras ella observaba a sus espaldas.

Ella vería un espectáculo espantoso; un gran caballo blanco y esquelético con amenazantes ojos rojos cargando hacia ella. En el lomo había una figura encapuchada vestida con una túnica blanca que galopaba a gran velocidad. Claire tropezó mientras corría y rápidamente se quitó los tacones y comenzó a correr. Corrió tan rápido como pudo, con el corazón acelerado como nunca. Miró a sus espaldas una vez más y sus ojos se abrieron de par en par con el miedo.

El caballo y la figura encapuchada se acercaban a ella a una velocidad sorprendente. Intentó buscar un lugar para esconderse, pero no había nada en los terrenos baldíos. Sus pies estaban ahora cubiertos de ampollas recién abiertas y cojeaba por la fatiga. Luego se desplomó en el suelo y comenzó a arrastrarse tan rápido como pudo. El caballo se acercaba cada vez más a ella, y pudo ver a la figura encapuchada acercarse a ella con sus largas manos esqueléticas.

Claire podía ver ahora una cara bajo los pliegues de la capucha. Gritó mientras se enfrentaba cara a cara con un rostro esquelético con ojos oscuros y huecos, y una amplia sonrisa dentada que se extendía de oreja a oreja. Gritó aún más cuando el rostro esquelético abrió la boca y soltó un chillido penetrante que le hizo sangrar las orejas. Gritó con pánico y cerró los ojos cuando escuchó su nombre.

"¡Claire... Claire... Claire!"

"¡Claire! ¡Claire! ¡Despierta! dijo Artemisa mientras sacudía la frenética y llorosa Claire en su cama. "¡Despierta! ¡Despierta!"

Claire abrió los ojos y se sentó de golpe. ¿Todo eso fue un sueño?'. Ella pensó mientras observaba su entorno. Estaba de vuelta en el dormitorio. "¿Qué... qué pasó?" preguntó aturdida.

"A juzgar por el hecho de que te estabas sacudiendo violentamente mientras dormías y gritabas tan fuerte, diría que estabas teniendo una pesadilla". Artemisa dijo. "Eso debe haber sido muy desagradable."

"¿Estaba teniendo una pesadilla?" Claire repitió.

"Sí. Estabas dando vueltas en tu cama y gritabas y..." Artemisa dejó de hablar por un momento y miró más de cerca. "Parece que tu oído está sangrando." Tomó un pañuelo de papel y lo frotó suavemente sobre la oreja de Claire. Claire vería que había un pequeño rastro de sangre en el tejido.

"¿Mi oreja estaba sangrando?" Claire preguntó, pensando en la pesadilla que tuvo, y el grito sobrenatural que la figura encapuchada emitió. Artemis se ofreció a llevar a Claire a la clínica.

"No está muy lejos y...."

"Estoy bien, gracias". Claire interrumpió enérgicamente. "Y no tienes que preocuparte por mí. Estoy perfectamente bien."

"Pero, tu oreja..."

"Mis oídos están bien y puedo oír perfectamente." dijo Claire, y luego se acostó de nuevo en la cama. "Gracias por tu preocupación, pero necesito dormir". Y eso es lo que hizo. Se volvió a dormir.

Artemisa la miró. No había forma de que estuviera bien. De hecho, su tono de voz y sus ojos decían lo contrario. Hablaban de miedo y de desconocimiento. Hablaban de algo que ni siquiera Claire podía comprender.

****

La mañana siguiente encontró a Artemisa dormida en el escritorio. Lentamente, se agitó y extendió sus brazos. Revisó su teléfono y su agenda. Miró por encima de su hombro y vio que su compañera de cuarto ya había salido para su clase. Se dio una buena ducha caliente, se puso ropa limpia, tomó su bolso y su chaqueta y salió de su dormitorio.

Había algo en las mañanas con rocíos matinales que era calmante y refrescante para Artemisa. Le encantaba cómo la brisa fresca soplaba a su alrededor y cómo las hojas caídas se agitaban. Le encantaba la sensación de sus zapatos pisando el húmedo camino empedrado del campus. Y lo mejor de todo, le encantaba el olor del café caliente y los pasteles recién horneados en el aire. Escuchó su estómago refunfuñando; necesitaba un desayuno.

Se acercó a su puesto de café favorito y saludó a los baristas. "Hola, Steve". Ella dijo. "¿Me puede dar un moca caliente y un pastel grande, por favor?"

"Enseguida, Artemisa". Respondió mientras preparaba su pedido. Tan pronto como tomó su desayuno, caminó hacia un banco y se sentó. Percibió el aroma del café moca, y luego tomó un bocado del pastel y sorbió su café. "Delicioso", pensó.

Mientras masticaba, no podía evitar pensar en lo que había pasado la noche anterior. En una noche normal, cuando Claire regresaba al dormitorio, estaba demasiado cansada de tanta fiesta, como para dormirse inmediatamente y tener uno de esos sueños profundos e ininterrumpidos. O, si alguna vez, se quedaba dormida, no tendría ataques de pesadillas. Pero el ataque de anoche fue...diferente. Fue casi un momento espantoso que ni Claire ni Artemisa quisieron revivir. La pregunta era, ¿qué tipo de pesadilla causaría tal reacción?

"¿Te has enterado?" Artemisa escuchaba a un par de estudiantes detrás de ella mientras chismorreaban. "¡La estudiante, Claire O'Hara, está viendo a ese famoso modelo, Randy Fairbanks!"

"¡No puede ser! ¿Estás hablando en serio?"

¡"Positivo"! Lo escuché de mi primo que me envió la foto. La dejó en su dormitorio."

"Yo también lo he oído".

"Parece que se está haciendo popular", pensó, terminando lentamente su café y sus pasteles. Por otra parte, ella ha estado queriendo ser popular desde hace algún tiempo. Se levantó y caminó hasta el edificio principal para su primera clase de la mañana. La primera clase del día fue de inglés. Se sentó en su asiento habitual y sacó su cuaderno. Vio como los otros estudiantes entraban, dos de las cuales reconoció como las amigas de Claire, Jane e Yvonne.

El profesor, el Sr. Brewster, entró con su mochila y saludó a la clase. "La lección de hoy trata sobre los Fantasmas en la Literatura". Dijo. "¿Quién de aquí puede hablarme de fantasmas famosos de la literatura?"

"Casper el Fantasma Amistoso". Un estudiante varón dijo, y toda la clase estalló en risa.

"Muy gracioso, Sr. Samuels. Pero está bien". El Sr. Brewster respondió. "¿Qué más?"

"Los fantasmas de las navidades pasadas, presentes y futuras". Jane dijo.

"Bien hecho. ¿Algún otro?" El Sr. Brewster preguntó. Uno por uno, los estudiantes comenzaron a enumerar los fantasmas que se les ocurrían.

"El padre de Hamlet".

"El Fantasma de Canterville".

"El chico de los huesos encantadores".

"Patrick Swayze". De nuevo, otra explosión de risas surgió de los estudiantes. El Sr. Brewster notó que Artemisa miraba a la ventana y preguntó. "Srta. Rosi, ¿quizás conozca algunos fantasmas de la literatura?"

Artemisa se volvió hacia él y le dijo. "¿El Dullahan?"

La clase parecía confundida; ¿de qué estaba hablando?

¿De qué historia salió eso? El Sr. Brewster dijo entonces. "¿El Dullahan? Continúe..."

"Es básicamente en lo que se basa el Jinete sin Cabeza." Ella respondió. "Es un jinete espectral sin cabeza en un caballo esquelético, con un látigo hecho con la espina dorsal de un humano. Es básicamente el heraldo de la muerte. Si lo ves, significa que morirás".

Toda la clase estaba en silencio. Entonces, el Sr. Brewster rompió el silencio. "Ese es un ejemplo muy interesante. Lo que me lleva a la gran pregunta. ¿Por qué la gente está aterrorizada y fascinada con los fantasmas?"

"¿Porque están muertos y quieren decirnos algo?" dijo un estudiante.

"Entonces, ¿la Dama a Caballo cuenta?", dijo otro estudiante.

"Me preguntaba cuándo alguien preguntaría eso. Artemisa pensó. Ella pudo ver la mirada en los ojos del Sr. Brewster. La misma mirada escéptica y analítica que tenían la mayoría de los educadores. "Ah, la quintaesencia del tipo Bloody Mary". Él respondió. "Conozco la historia. Y es un cuento muy saturado".

"Hay gente que dice que la historia es cierta." Un estudiante añadió.

"Y dirán que le pasó a un amigo de un amigo de un amigo." El Sr. Brewster añadió. "Así es como evolucionan las historias. Cuando una simple historia se cuenta con elementos añadidos. Uno incluso diría, que crean sus propios precursores y mensajeros".

"Pero la mayoría de las historias tienen verdades, ¿no?" dijo otro estudiante.

"Oh, sí. La mayoría de las historias definitivamente tendrán una verdad detrás de su fantástica premisa." Él respondió. "La pregunta ahora es, ¿dónde está la fina línea entre la realidad y la ficción?"

Continuó dando una conferencia sobre cómo la mayoría de los autores derivarían sus historias de los relatos históricos. Lo que impulsó a Artemisa a pensar en la pregunta: ¿había un relato histórico en la historia de la Dama a Caballo?

Tan pronto como su última clase del día terminó, se dirigió a la cafetería del campus para encontrarse con Jonathan. Ella recordó la urgencia en su tono cuando él la llamó para una reunión, y se preguntó si algo había pasado o si había encontrado algo. Ella entró en la cafetería y lo encontró sentado en el rincón oscuro de la habitación. Se acercó y se sentó frente a él. "¿Qué era tan urgente que querías verme?", preguntó.

"Nunca adivinarás lo que acaba de pasar." Dijo. "Vi algo extraño en la biblioteca".

"¿Qué quieres decir?", preguntó.

"Estaba investigando sobre algo que dijo un amigo". Empezó. "Por cierto, ¿estás emparentado con George Rosi?"

"Es mi tío. ¿Por qué preguntas y por qué sabes de él?"

"Ah, mi vecino de dormitorio, Milo." Jonathan dijo mientras el barista se acercaba a ellos y les servía café. "Al parecer, idolatra mucho a tu tío y quiere conseguir un autógrafo".

"Bien". Artemisa tomó una taza de café de la mesa. "Si quiere, puede visitar al tío George en la oficina. De todas formas, estabas diciendo..."

"Bien". Jonathan dijo. "Bueno, en realidad había estado pensando en todo el ritual en sí. Si analizara el contexto general, sería como hacer un trato con el diablo".

"Es como un contrato fáustico." Artemisa dijo.

"Bien" y le pregunté a mi amigo qué sabía sobre eso. Dijo que, observándolo bien, la persona obtenía lo que quería, pero que lentamente comienza a lamentarlo cuando se acerca el momento de pagar"

"El pago es su alma..."

Jonathan tomó un trago de café y dejó escapar un profundo suspiro. "Así que fui a la biblioteca después de la clase de hoy y traté de leer algo sobre el tema. Estaba mirando en las estanterías cuando vi esta... figura encapuchada en blanco."

"¿Una figura encapuchada en blanco?" Artemisa repitió. Jonathan asintió y continuó. "Fue la segunda vez que vi esta figura, para ser honesto. Pero cuando la vi, me sentí aterrorizado y me desmayé. Pero antes de todo eso, seguí escuchando una voz extraña cantando esa canción infantil."

Luego se apoyó en la silla mientras estudiaba la cara de Artemisa. Esperó a que ella reaccionara de forma extraña. Pero sorprendentemente, ella estaba tranquila. Luego preguntó. "Entonces, ¿te desmayaste en la biblioteca? ¿Estás bien?"

"Yo estoy ahora". Él respondió. "En cualquier caso, estaba realmente asustado. Nunca pensé que vería algo así".

"Tú y yo, ambos". Artemisa dijo, poniendo su taza de café sobre la mesa. "Hace dos noches, después de que me dejaste en mi dormitorio, me fui a mi habitación a estudiar. Mientras estudiaba, vi una cosa extraña en la ventana de enfrente."

"¿Qué viste?" preguntó

"Bueno, no estoy exactamente seguro." Ella respondió. "Pero juro que era una mujer vestida con una túnica blanca y dorada en un gran caballo blanco. Al principio me pareció raro. Como si fuera algo que imaginé. Hasta que escuché tu historia". Ella juntó sus dedos y agregó. "Mi compañera de cuarto sigue hablando de la suerte que ha tenido últimamente".

"Tal vez lo ha hecho".

Artemisa levantó una ceja a Jonathan, y le dio una pequeña sonrisa sarcástica. "Mi compañera de cuarto es el tipo de chica que prefiere ir de compras y de fiesta que recoger un libro y estudiar. ¿Y habla de trabajo duro y perseverancia para su suerte? No puede ser."

Jonathan se rio, haciendo que Artemisa se sonrojara un poco. Luego preguntó. "Entonces, ¿qué encontraste por tu parte? ¿Alguna idea de dónde vino esta historia?"

¿"Históricamente"? Es muy poco claro". Ella respondió. "Pero hay una cosa que he aprendido. Los seres espectrales a caballo tienden a ser presagios o mensajeros de noticias desafortunadas o destinos. Podríamos empezar con eso".

"Podríamos empezar con eso". Jonathan repitió mientras ellos seguían hablando. Pasaron los siguientes minutos hablando de lo que descubrieron, mientras tomaban más café. Finalmente, Artemisa dijo. "Jonathan, creo... Creo que mi compañera de cuarto intentó el juego."

"¿Eso crees?", preguntó.

"Suena tonto, lo sé." Ella lo admitió. "Pero parece ser la razón por la que está tan... eufórica consigo misma todos los días. Pero..." bajó la mirada por un rato, moviendo la taza en círculo. "Explicaría por qué tuvo una pesadilla y por qué parece estar un poco nerviosa de vez en cuando."

"¿Un poco nerviosa?", repitió.

"No es obvio". Ella respondió. "Pero puedes verlo en sus ojos. Ella tiene miedo de algo. Y es algo de lo que ella..."

" ¿Se arrepiente?" terminó.

Ella asintió con la cabeza. Jonathan se sentó en su silla y pensó en lo que Milo Garnier había dicho una vez. "Hay males tanto vistos como no vistos". Y no importa cuán tentadora fuera la oferta, una vez que se hizo la elección, no había vuelta atrás. Si su compañera de cuarto jugó el juego e hizo el trato, ¿cuál fue exactamente el precio que eligió pagar? ¿Se estaba arrepintiendo de ello enormemente?

Capítulo 6

Eran alrededor de las 5 de la tarde cuando Jonathan y Artemisa terminaron su café y decidieron salir juntos. Era una tarde tranquila y los dos amigos decidieron que sería bueno caminar juntos. Mientras caminaban por las aceras de piedra, Jonathan miraba a Artemisa de vez en cuando. Sentía una sensación de felicidad como si estuviera hablando con un viejo amigo.

Sentía que su corazón latía a un ritmo extraño pero apasionado. Nunca antes había sentido este tipo de sentimiento. De hecho, podía recordar la única vez que lo sintió. Fue cuando conoció a una chica que visitaba a menudo la casa cuando era más joven. Era muy guapa, con pelo castaño y ojos verdes. Era dulce y amable. Cuando era un niño de 13 o 15 años, Jonathan no sabía la diferencia entre gustar de una chica y enamorarse de una. Estaba profundamente absorto en los libros, la música y los juegos. Pero la sola vista de la chica hizo que su corazón se agitara. Y cuando confesó lo que sentía por ella, la chica simplemente se rio y le dijo que era sólo un niño y que se sentía bastante atraída por su hermano mayor.

En pocas palabras, a esa edad, Jonathan sintió que su corazón se rompió por primera vez. Y cuando su hermano Alex lo encontró en un estado de absoluta tristeza, hizo lo que cualquier hermano mayor haría. Confortó al Madden más joven, y fue entonces cuando Jonathan decidió que no se definiría ni se molestaría por su hermano. Más importante aún, la idea de tener una novia era algo que no le gustaba demasiado, a menos que estuviera dispuesto a arriesgar otro corazón roto.

Pero había algo diferente en Artemisa. Con ella, se sentía como ese pequeño chico de 15 años otra vez, que sentía todas las cosas buenas y extrañas. ¿Por qué cuando le habló, sintió que no había otros sonidos aparte de su propia voz? ¿Por qué cuando la miraba, todo lo que la rodeaba se convertía en una hermosa película de cine blanco y negro donde ella se vestía con un traje y un sombrero hechos a medida? ¿Por qué cuando ella lo miró, él sintió que quería estar con ella y sólo con ella?

"¿Jonathan?" La voz de Artemisa se abrió paso a través de sus pensamientos. La miró y le respondió. "¿Sí?"

"¿Estás bien con esto?", preguntó. "Quiero decir, he oído hablar de tu hermano y de cómo las chicas irían tras de ti." Se rio un poco. "Me pregunto qué pasaría si nos vieran ahora mismo".

"¿Debería importar?", respondió rápidamente. "Sólo somos amigos..."

"Supongo que es así..." dijo ella. "Somos amigos... Buenos amigos". Había una ligera tensión en su voz, como si estuviera conforme con eso.

¿Por qué dije eso? Se preguntó a sí mismo. ¿Amigos? ¿Sólo amigos? Miró a Artemisa mientras esta le sonreía amistosamente mientras caminaban. Se acercaban al edificio principal, cuando de repente se encontraron cara a cara con nada menos que la estudiante de la que más se hablaba, Claire O' Hara. Los dos pudieron ver que estaba vestida con un lujoso vestido de terciopelo, con una chaqueta de piel y sandalias de aspecto caro. Parecía que iba a una fiesta elegante.

"Oh, hola, Artemisa." Claire dijo: "Oh, ¿conoces a Jonathan Madden? Qué bien. ¿Estás en una clase con él?"

"Hola Claire". Artemisa dijo. "Nos conocimos después de que se topara conmigo por accidente."

"Ya veo..." Claire miraba a Jonathan de pies a cabeza con la misma admiración que tenía por él cuando se dio cuenta de quién era. "Oh, ahora veo... él es el que te invitó a salir, ¿no?" Jonathan pudo ver cómo Claire se ponía ligeramente roja de vergüenza.

"Así que eres su compañera de cuarto". Preguntó, sin que le gustara cómo había hecho sentir a Artemisa un poco incómoda sin querer.

"Ah, ella habla de mí, ya veo." Claire dijo. "¿Qué dice ella de mí? ¿Te dijo que fui yo quien escogió su traje para tu cita?"

"Ella lo hizo". Jonathan respondió, cuidando de usar un tono más neutral con Claire.

"Bueno, estábamos camino de vuelta a nuestros dormitorios hablando de la próxima exposición en el museo." Artemisa dijo. " Es una interesante exposición sobre la inspiración histórica de los escritores famosos. ¿Quizás te gustaría ir?"

"Gracias, pero no ". Claire dijo en un tono altivo y condescendiente. "Hoy me dirijo a una cena con Randy Fairbanks". "Eso explicaría el bonito vestido y el abrigo de piel. Jonathan pensó. Claire lo miró y añadió. "Sin embargo, diré esto sobre ti. Eres completamente diferente de tu hermano".

Escucharon el sonido de la bocina de un auto en la puerta principal. Claire se dio la vuelta para ver un coche deportivo rojo. "Bueno, si me disculpan, mi cita está aquí. Que tengan una buena noche, ustedes dos." Ella dijo, bajando ligeramente el tono mientras caminaba hacia la puerta principal y entraba en el coche.

Tan pronto como el coche se alejó, Jonathan miró a Artemisa y rápidamente dijo. "Tu compañera de cuarto es muy egocéntrica".

"Lo sé". Ella suspiró.

"¿Estás bien?", preguntó.

"¿No debería preguntártelo yo?" Artemisa lo miró y ambos se rieron. "Pero en serio, no te preocupes por mí. Estoy acostumbrada a eso."

"Bueno, no deberías." Jonathan dijo. "Y ella debería ocuparse de sus propios asuntos". Entonces, se dio cuenta. "Espera, si ella hizo ese ritual, ¿crees que eso explica su repentina suerte y obvia fama?"

"Esa es mi teoría". Ella respondió. "¿Pero no viste la mirada en su cara?"

"No, estaba demasiado ocupado evitándola". Se rio. "¿Por qué?"

Artemisa miró hacia otro lado por un momento y luego respondió. "Es la misma mirada que tenía la noche anterior. El tipo que hace que alguien tenga miedo de algo."

¿Era realmente obvio? ¿Había realmente una mirada temerosa en la cara de Claire O Hara? De cualquier manera, había una cosa que Jonathan podía atestiguar por el simple hecho de estar cerca de Claire O' Hara, había algo como una fuerza malévola engulléndola completamente. Y si no eran demasiado cuidadosos, temía que ellos también fueran engullidos.

****

El Chez Panisse fue fundado en 1971 por un talentoso chef que puso énfasis en la frescura y calidad de los ingredientes, más que en la técnica. Se jactaba de la famosa cocina californiana, con sus ingredientes de origen local y deliciosos platos como el cangrejo Dungeness, el bacalao negro ahumado y el cordero asado. El interior fue hecho en cálidos tonos y texturas de madera. Era realmente un restaurante adecuado para la ciudad, y contaba entre su clientela con la famosa cocinera de cocina francesa Julia Child, el ex presidente Bill Clinton y el director Francis Ford Coppola.

Claire no podía creer que estuviera cenando en un lugar tan hermoso con nada menos que Randy Fairbanks. El camarero les enseñó los asientos reservados piso VIP. El piso tenía una vista muy hermosa del paisaje de la ciudad y de la calle de abajo. Se sentaron y se les presentó el menú. Randy ordenó paleta de cerdo asado mientras Claire fue por una trucha ahumada con limones. También pidieron vino tinto. Claire se deleitó con su cena y la probó. ¡Estaba deliciosa!

"Así que, háblame de ti". Randy preguntó.

"Oh, soy una estudiante de la Universidad de Berkeley, estudiando marketing de moda." Ella respondió. "Siempre he querido ser modelo. Pero nunca tuve la oportunidad... hasta hace poco, es decir".

"¿Estás segura?" preguntó. "¿Nadie te había dado nunca la oportunidad?"

"Sí, pero siempre dijeron que no era el tipo que buscaban." Ella respondió.

"Esos son aficionados". Dijo. "Estas son las grandes ligas. Y si me permite, usted también es bastante bonita. "

"Oh, Dios mío". Claire pensó. 'En realidad me llamó bonita'. Sintió que sus mejillas se ponían rojas y su corazón latía con anticipación y alegría. Todavía no podía creer que esto estuviera sucediendo. Todo esto estaba bien. Ella cogió un vaso de vino y se lo bebió. Notó el anillo de rubí en su dedo y recordó lentamente la noche en la encrucijada. Todo este éxito, esta fama, era su deseo hecho realidad. Sonrió, se acomodó en su asiento y se sirvió más truchas, mientras miraba la bulliciosa calle. Podía ver los coches pasar y la gente caminando, admirando las vitrinas y tomando fotos.

Cenar en un restaurante exclusivo, en un piso reservado exclusivamente para ella y Randy Fairbanks, con una vista espectacular; era cenar como la realeza. Y Claire se deleitaba con ello. Los camareros le preguntaban qué le gustaría comer a continuación o qué le gustaría beber. "Adelante". Randy dijo. "Elige lo que quieras. Esta noche es el comienzo del resto de tu vida."

Sonrió y empezó a pedir lo que quería. Champán blanco brillante, chocolates lujosos, reservas de hotel, todo.

Mientras la esperaban, de repente escuchó el titileo de las campanas en su oído. No eran las campanas habituales que oiría, ni las que usaban los camareros. Eran campanas que se oían en el cuello, en el sombrero de un bufón o incluso... en las muñecas.

Claire miró alrededor del piso hacia donde venía el sonido y luego la vio. Sentada a unas pocas mesas de donde estaban, cubierta en una completa oscuridad, estaba la Dama a Caballo. Sus ropas blancas parecían casi ligeramente más oscuras, y el velo que cubría parcialmente su rostro tenía pequeños bordes desgarrados perfilando su cara. Claire podía ver un mentón puntiagudo y un par de labios rojo pálido mirándola. Pero lo que más la desconcertaba era que miraba directamente a Claire con ojos amarillos brillantes. Claire podía ver un juego de campanas en sus muñecas y dedos de los pies. La Dama a Caballo estaba allí.... ¿siguiéndola?

No, no puede ser la Dama a Caballo. Ella pensó. Nunca vendría a un lugar como este. Llamó a un camarero y preguntó quién era la extraña mujer sentada en la mesa lejana. El camarero miró a Claire con una mirada confusa, y miró hacia donde ella estaba señalando. Se volvió hacia ella y le contestó.

"Le pido disculpas, Srta. Claire. Pero no hay nadie más aquí en este piso." Él respondió.

"¡¿Qué?!" se volvió para mirar a la mesa y aun así vio a la extraña dama sentada en la mesa mirándola. "Ella está justo ahí. ¿No la ves?"

El camarero la miró de nuevo, dejó escapar un suspiro y miró de nuevo. Después de unos segundos, respondió. "Lo siento, señorita. Pero no hay nadie sentado a la mesa. ¿Está usted bien? ¿Quizás pueda traerle un poco de agua?"

"Te lo digo; ¡ella está ahí!", dijo con pánico. "¡Puedo verla sentada ahí, mirándome!"

"Tal vez esté muy satisfecha por haber disfrutado de nuestra deliciosa selección." El camarero dijo. "Nuestros clientes han declarado que después de su comida, podrían ver cosas fuera de..."

"¿Estás diciendo que estoy loca?" Claire dijo de repente, sintiéndose a la vez insultada y molesta. "¡¿Me estás llamando loca?!"

"No es así, señorita." El camarero dijo. "Estoy diciendo que tal vez usted se siente mal y...."

"¡NO ESTOY LOCA O ENFERMA!" Claire gritó, poniéndose de pie y estampando sus pies de tacón en el suelo de tablas. "¿CON QUIÉN DEMONIOS CREES QUE ESTÁS HABLANDO?"

"¿Qué te pasa?" Randy dijo, poniéndose del lado de Claire y regañando al camarero. "Ella no está enferma. ¿Así es como tratas a tus clientes? ¡¿Insultándolos?!"

El camarero trató de explicarlo educadamente y con calma, pero Randy y Claire habían llegado al punto en que el gerente fue llamado para mediar en las cosas. Mientras el gerente convencía a Randy de que se calmara, Claire miraba a la mesa y para su sorpresa, la dama se había ido. Se frotó los ojos de nuevo para asegurarse de que veía una mesa vacía. ¿A dónde se fue la dama? ¿Realmente se lo imaginó?

Randy y Claire dejaron el restaurante 30 minutos después y se subieron al auto de Randy. "Lamento que eso haya sucedido".

Randy dijo, conduciendo el coche fuera del aparcamiento. "Puedes estar seguro de que no volverá a suceder."

Claire no dijo nada mientras miraba el anillo de rubí en su dedo. Randy la miró y añadió. "Pero reservé todo el piso sólo para nosotros. Dudo que hubiera alguien más allí".

"Vi una mujer". Ella tartamudeó. "Ella-ella-ella estaba sentada en la me-me-me sa de al frente de la nuestra". P-p-po-podía verla tan clara como el día".

Randy la miró con la misma mirada confusa que el camarero le había lanzado. "Claire, no vi a nadie más. ¿A quién viste?"

"Una mujer...... una mujer de blanco." Ella respondió. Miró a Randy. Temerosa de que él la considerara loca, añadió rápidamente. "Estoy bien. Probablemente comí demasiado".

"Está bien". Randy dijo. "Por un momento, pensé que nuestra cita se había arruinado".

¿Cita? La palabra parecía resonar en su mente. ¿Acaba de decir "nuestra cita"? Se preguntó a sí misma. "¿Nuestra... cita?", repitió. Randy asintió y respondió.

"Sí. Bueno, la verdad es que... me gustas, Claire. Y me preguntaba si podría verte más". Llegaron al dormitorio de la universidad y Randy detuvo el auto. "Sólo quiero estar seguro de que al menos te lo pasaste bien".

"Oh, la pasé muy bien." Ella respondió. "Ha sido una semana realmente mágica y no quiero que termine en absoluto".

Randy sonrió, se arrastró hacia ella y la besó dulcemente en sus labios. "Eres la chica más afortunada del mundo y yo soy el hombre más afortunado de tenerte."

Claire soltó una risita de niña y salió del coche. Le hizo señas de despedida a Randy mientras se alejaba. Se sentía tan feliz y emocionada, como una colegiala que había recibido sus regalos de Navidad un poco antes que todos los demás. ¿Quién hubiera pensado que una hermosa universitaria se convertiría en una estrella de la noche a la mañana? Tenía contratos lucrativos, más dinero y cosas bonitas que cualquier otra chica y ahora, una famosa celebridad como novio. Era demasiado para ella.

Caminó hasta los escalones del dormitorio y estaba a punto de entrar en él, cuando notó la extraña niebla rodar por la calle. Escuchó el suave relincho de un gran caballo, y se dio la vuelta para ver una silueta familiar de pie al otro lado de la calle, de aspecto bastante siniestro.

Claire conocía esa silueta. La había visto no hace mucho tiempo.

Se preguntó por qué la estaba viendo. ¿Qué quería? Miró la silueta mientras lentamente tomaba la forma de una figura a horcajadas en un gran caballo blanco espectral. La Dama la miró antes de cabalgar una vez más hacia la niebla. ¿Qué significaba esto? Claire dejó de pensar en eso y entró en el dormitorio, cerrando la puerta detrás de ella. Miró el anillo, y por primera vez desde que lo recibió, empezó a sentir una extraña sensación de temor.

Mientras tanto, el personal de Chez Panisse se había reunido en el piso VIP y comenzó a discutir lo que había pasado antes. Era la primera vez desde la apertura que tenían problemas con un cliente habitual. El gerente le preguntó al camarero. "¿Qué ha pasado? ¿Por qué la Srta. O'Hara perdió los estribos con usted?

"Me preguntaba si había visto a una mujer sentada en la mesa de allí." Respondió señalando la mesa. Luego continuó. "Le dije que no vi a nadie, e incluso le dije que este piso estaba reservado exclusivamente para ella y el Sr. Fairbanks."

"Lo escuché, señor." Otro camarero respondió. "Simplemente preguntó y la Srta. O'Hara le subió el tono".

"¿Había alguien?", preguntó el gerente.

El primer camarero sacudió la cabeza. "Estaba completamente vacío. Podemos incluso comprobar las cámaras de seguridad si lo desea."

Luego caminaron a la oficina donde estaban las cámaras de seguridad y comprobaron la reproducción. Y exactamente como el camarero había hablado, la cámara mostró todo el piso vacío, excepto la mesa de Randy Fairbanks y Claire O'Hara. "¿Ves?", dijo. "No había nadie más allí". La cámara también mostró a Claire mirando de repente asustada a la mesa vacía y mirándola constantemente mientras Randy discutía con el gerente y el camarero.

"Creo que... la Sra. O'Hara podría estar enferma o algo así." El camarero dijo: "Insistió en que había alguien en la mesa vacía".

"Tienes razón". El gerente dijo. "No hay nadie allí. Pero parece que está asustada por ello".

"¿Estoy en problemas, señor?" preguntó el camarero, agarrando los lados de su chaleco. El gerente sacudió la cabeza, asegurándole que estaba perfectamente bien. Siguió mirando la reproducción de la cámara, y por un momento sacudió la cabeza en señal de desaprobación.

"Nuevas celebridades. Ellas pueden ser molestas." Dijo. "A veces, me gustaría pensar que hay un lugar especial para ellos en el infierno."

****

"¿Estás bien?" Jonathan preguntó a través de la videollamada. Había decidido llamar a Artemisa y comprobar cómo estaba. Y en cierto modo, era la primera vez para él. Nunca había intentado llamar a una chica por teléfono o por videollamada. Pero de alguna manera, le gustaba esta chica. Mucho. "Sólo estaba chequeando".

"¿Estás seguro de que no es porque no pudiste dormir que estás llamando?" Artemisa se burló, ajustándose los auriculares y apoyando la cabeza en los brazos.

"N-No, estaba muy... muy preocupado por ti." Jonathan dijo mientras doblaba sus brazos. Ella pudo ver como las mejillas de Jonathan se pusieron ligeramente rojas, ya sea por la vergüenza o por haber sido llamada por otro motivo. Se rio mucho y Jonathan no pudo evitar reírse con ella. "Vale, no podía dormir".

"¡Ja! ¡Lo sabía!", respondió ella.

"Pero realmente quería verte y comprobar cómo estabas." Añadió. "Me preocupaba que te avergonzaras o te sintieras herida por lo que dijo tu compañera de cuarto".

"No te preocupes por eso". Artemisa dijo. "La verdad sea dicha. Estoy acostumbrada a ello. Quiero decir, no soy exactamente bonita como ella."

"No, creo que eres hermosa". Jonathan dijo. "Eres muy guapa, especialmente cuando te levantas el pelo como ahora". Se refería a cómo su pelo estaba atado en una bonita y limpia cola de caballo.

"¿Tú crees?" Artemisa dijo. "Bueno, tú también no estás mal".

"Deberías conocer a mi hermano mayor entonces." Añadió. "Es mucho más guapo".

"No me enfoco mucho en la apariencia, por si no lo has notado", dijo. "Me gustan más los chicos con cerebro". Jonathan mantuvo su mirada en Artemisa mientras ellos seguían hablando. Había una sensación de felicidad dentro de Jonathan, mientras hablaban más y más sobre otras cosas como la escuela, la familia y la inevitabilidad de que sus compañeros supieran que eran amigos. Poco a poco, se dio cuenta de que Artemisa era más que una chica de ideas afines; era del tipo que no dejaba que las opiniones de otras personas influyeran en sus asuntos. Era, según la definición de su madre, una chica que marchaba a su propio ritmo.

"Oye, me tengo que ir". Artemisa dijo cuando ambos oyeron abrirse la puerta. "Creo que mi bonita compañera de cuarto ha vuelto. Te llamaré en un rato, ¿vale?"

"Sí, claro..." Jonathan respondió, sintiéndose un poco triste por haber tenido que cortar la conversación tan rápido. "Ya nos veremos". Y terminó la videollamada. En cierto modo, se sintió aliviado de que ella se sintiera mejor. Pero había algo más dentro de él que sentía algo más. Algo más... especial y entrañable.

Claire entró en el dormitorio y tiró sus llaves y su bolso sobre su cama, justo cuando Artemisa terminó la llamada con Jonathan. "Oh, ¿ese era Jonathan?" Claire preguntó, mirando a Artemis con una mirada burlona.

"Sí, sólo quería charlar". Ella respondió. "No podía dormir, así que..."

"Le gustas. "Claire dijo, sentada en su cama y sacando sus sandalias. "Sólo un tipo al que le gustes te llamaría a esta hora. Bueno, ¿no se van a poner serios?"

Artemisa no dijo nada cuando se levantó de su escritorio y se preparó para ir a la cama. Había aprendido la inutilidad de protestar con Claire; especialmente si Claire estaba convencida de que ella y Jonathan eran más que amigos. En realidad, tal vez ella sentía algo por Jonathan. Le gustaba lo educado que era y cómo tenían la misma afinidad por la música y lo extraño. Pero tal vez, lo que lo hizo una persona tan interesante con la cuál compartir fue el hecho de que ambos eran de la misma naturaleza.

"Hola", dijo Claire de repente. "¿Puedo preguntarte algo?"

"Es la primera vez que lo hace", pensó Artemis mientras se abotonaba el pijama. Claire no era de las que le preguntaban nada. De hecho, rara vez interactuaba con Artemisa en la habitación compartida, a menos que se tratara de buscar el cumplido de Artemisa sobre lo que llevaba puesto o lo que planeaba hacer. "¿No sueles preguntarles a tus amigas cuando tienes algo en mente?" Artemisa preguntó.

"Digamos que no serán de mucha ayuda con lo que tengo en mente". Claire dijo. "Ella no es de las que rechazan a sus amigas", pensó Artemisa. Esto debe ser algo que ellas no serían capaces de entender. "¿Pero por qué yo? Se preguntaba. "¿Por qué me pregunta Claire? De nuevo, esto estaba completamente fuera de la norma para ambas. Artemisa era del tipo que normalmente evitaba cualquier cosa que Claire le hiciera o le dijera. Simplemente no tenía la energía para ello.

Sin embargo, esta vez era diferente. Se daba cuenta de que Claire tenía algo bastante serio en mente. Y tenía una extraña inclinación a lo que era. Suspiró y luego preguntó. "Bien, tienes toda mi atención. ¿Qué es?"

Claire respiró hondo como si hubiera estado reuniendo el valor para decirlo. Se sentó en el borde de su cama y preguntó. "¿Crees en la Dama a Caballo?"

"¿Eso es lo que tiene en mente? Artemisa pensó, sintiéndose un poco decepcionada y tonta. Por un momento, ella esperaba algo serio. Pero vio la mirada en los ojos de Claire y supo lo que era esa mirada. Era la misma mirada que tenía cuando se despertó de la pesadilla; la misma mirada que tenía cuando se fue antes a su cita para cenar. Era la inconfundible mirada de miedo.

Aun así, Artemisa era una chica de pensamiento racional. Siempre había lógica detrás de algo. Entonces ella respondió. "Sabes que no creo que sea real. ¿Por qué lo preguntas?"

"Yo.... Yo... bueno". Claire tartamudeó y comenzó a dudar.

"Bueno, digamos que estoy preguntando por una amiga".

Bien, sigamos con eso. Artemisa se dijo a sí misma, decidiendo seguirle la corriente. "Vale, ¿qué pasa con tu amiga?"

"Ella cree completamente que es real". Claire respondió. "Tanto es así que ella realmente realizó el ritual en una encrucijada."

"¿Y?"

"Me dice que una dama en un caballo blanco se le apareció y le preguntó cuál era su deseo." Claire continuó. "Me dice que le pidió a la dama que le concediera fama y fortuna".

"¿Y qué pasó después?" Artemisa preguntó, manteniendo su mirada enfocada enteramente en Claire.

Claire respondió. "La dama le dio un anillo a mi amiga y luego se fue. Al día siguiente, mi amiga empezó a tener una suerte increíble y las cosas han sido geniales para mí, es decir, para ella". Se corrigió rápidamente mientras que, al mismo tiempo, inconscientemente comenzó a girar un anillo con una piedra de rubí alrededor de su dedo.

Artemisa se dio cuenta de esto, pero no dijo una palabra. "Eso es algo bueno para tu amiga. Entonces, ¿por qué suena como si estuvieras preocupada por ella?"

"Está... umm... preocupada por si se vuelve loca". Claire dijo rápidamente." Ella... ella cree que está viendo cosas y no sabe por qué."

"Vale, eso es extraño. Artemisa pensó. "¿Por qué estaba viendo cosas? ¿Qué eran esas cosas? "¿Te refieres a tu amiga, alguna vez le preguntaste qué estaba viendo?" Artemisa preguntó.

"No". Claire dijo. "No quiso decírmelo porque cree que la hará parecer una loca". Artemisa se rascó la cabeza pensativamente y finalmente dijo.

"Bien, como amiga de tu amiga, ¿qué crees que significa? ¿Crees que está loca?"

"Creo... creo que probablemente esté abrumada". Claire dijo. "Si la dama vino y me dio... quiero decir, a mi amiga el anillo y le concedió su deseo, tal vez todavía se está acostumbrando a todo el éxito. ¿Verdad?"

"Vale, podemos aceptar eso. Pero... "Artemisa miró la cara de Claire con atención. "¿Quieres mi honesta opinión al respecto?"

"Sí". Ella respondió rápidamente sin dudarlo. Artemisa se levantó y después de un breve momento de silencio, miró a Claire y dijo. "Creo que tu amiga debería ser muy cuidadosa. No hay tal cosa como una comida gratis en este mundo. Todo tiene un precio".

"¿Qué quieres decir con un precio?"

"No lo sé". Artemisa se metió en la cama y añadió. "Pero no deberías preocuparte. Después de todo, no es algo que te ocurra a ti, ¿verdad?"

"Cier-cier-to." Ella tartamudeó. "Bueno, como no sabemos exactamente lo que mi amiga estaba viendo, podemos asumir que nada malo le va a pasar a ella."

Claire dio un suspiro de alivio y se subió a su propia cama. "Gracias, Artemisa. Me alegro de que hayamos tenido la charla. Me siento mucho mejor sabiendo que mi amiga estará bien".

"Me alegro de haber podido ayudar". Artemisa respondió mientras se dormía tambaleándose. Claire se arropó y se puso las sábanas sobre su cuerpo. Nada malo iba a pasar. Se dijo a sí misma. La Dama no me hará daño. Después de todo, me concedió mi deseo. Me estoy asustando demasiado. Poco a poco, Claire cerró los ojos y se durmió.

****

Tan pronto como terminó la llamada, Jonathan se recostó en su silla. Hubiera querido hablar con ella un poco más e incluso consideró devolverle la llamada después de un par de minutos. Pero por supuesto, al día siguiente debían ir a la universidad y ella podría tener clases temprano en la mañana. Sacó su cuaderno y comenzó a trabajar en sus tareas cuando su compañero de cuarto, Dick, entró en la habitación una vez más, luciendo bastante borracho, pero aun así coherente.

"¿Estudiando de nuevo, Jonny boy?", dijo con un discurso mal pronunciado. "Eres un Madden, no necesitas estudiar."

"Y tú deberías estar estudiando". Jonathan dijo, sin levantar la vista. "Si recuerdo bien, tienes un examen mañana y no puedes permitirte fallar".

"No te preocupes, improvisaré." Dijo. Luego se levantó y se sentó en el escritorio junto al de Jonathan y lo miró atentamente. Jonathan escribía en su cuaderno, ignorando completamente el hecho de que Dick lo miraba con una mueca bastante burlona. Miraba de vez en cuando y todavía veía al sonriente Dick.

Finalmente, Jonathan dejó su bolígrafo y cerró el cuaderno. Se volvió hacia Dick, que seguía sonriéndole. "Está bien, hay algo en tu mente." Dijo. "Te está molestando a ti y me está molestando a mí. ¿Qué es?"

"Escuché un pequeño rumor en el dormitorio." Dijo. "La chica con la que tuviste una cita para tomar un café hace unas noches; he oído que han vuelto a salir."

" ¿Ustedes no tienen nada mejor que hacer que hablar de los demás?" Jonathan preguntó, mirando a Dick de forma bastante severa y molesta. "¿Por qué estás tan interesado en la chica que estoy viendo?"

"Porque todos queremos conocer a la chica que está a punto de atrapar un Madden". Dick dijo. "Queremos saber cómo es Artemisa".

"Así que saben su nombre". Pensó sombría y tristemente. "Debe haberlo obtenido de Milo", pensó. Suspiró y dijo. "Artemisa es una buena chica que sólo quiere aprobar la universidad sin ningún tipo de problemas". Él respondió. "¿Y cómo sabes su nombre?"

"Pedí un favor". Dick dijo. "Pregunté a los baristas del campus universitario el nombre de la chica con la que hablas a menudo. Fue fácil. Eres el único tipo en el campus que habla con la misma chica en la misma tienda".

"Estoy empezando a considerar tomar café fuera del campus". Jonathan pensó. Al menos Milo no se lo dijo. "En cualquier caso", comenzó Jonathan. "Ella es como yo y sólo quiere pasar sus exámenes."

"Vamos hombre, ¿cuándo le vas a pedir que salga contigo?" Dick preguntó. "Eres un Madden, puedes tener cualquier chica que quieras. Diablos, si yo fuera tú, iría y trataría de ser amigable con ella o incluso con Claire O' Hara." Dick se levantó de su escritorio y saltó a su cama. "Si lo tuviera todo, podría salir con Claire O' Hara. Ella es una gran chica dinamita".

"¿Por qué quieres salir con alguien como ella?" preguntó.

"¿Quién no querría salir con alguien como Claire?" Dick dijo que mientras estaba estirado en la cama. "Es hermosa, popular, sexy, famosa... sexy..."

"Artemisa es bonita. "Jonathan dijo, murmurando en voz baja. De repente se dio cuenta de que Dick escuchó su afirmación, al notar que Dick lo miraba de nuevo con esa misma sonrisa.

"Te gusta esa chica, ¿no? ¡Admítelo, Jonny boy!" dijo. "Te gusta esa chica y quieres volverte loco con ella".

"Eres un idiota, lo sabes." Jonathan dijo mientras miraba a Dick antes de abrir su cuaderno y reanudar sus tareas escolares. "Si realmente quieres salir con Claire, ¿por qué no intentas invitarla a salir?"

"Bien, Jonny boy." Dick dijo. "Apostemos por ello. Si le pido a Claire una cita y ella dice que sí, tendrás que pedirle a Artemisa que sea tu novia".

"Y si Claire dice que no, nos dejarás a mí y a Artemisa en paz". Jonathan dijo.

"¡Trato hecho!" Dick dijo, tendiendo su mano a Jonathan. " Vamos a estrechar la mano". Era mejor que hacer un trato con una supuesta Dama a Caballo después de todo, pensó Jonathan mientras le daba la mano a Dick. Dick se quedó dormido, obviamente exhausto por cualquier fiesta o actividad a la que asistiera.

Finalmente, Jonathan pensó. Un poco de paz y tranquilidad. Se puso a trabajar en su tarea antes de bostezar y decidió irse a la cama. Se metió en la cama y se arropó, sus pensamientos persistentes se centraron en la sonrisa de Artemisa. "Buenas noches, Artemisa". Se dijo a sí mismo, cerrando lentamente los ojos.

<u>Capítulo 7</u>

"Te digo que hoy es el comienzo del resto de tu vida." Un hombre vestido con una camisa azul marino de botones y pantalones dijo, mientras Claire firmaba su nombre en varios contratos en su oficina. Sentado a su derecha estaba Randy Fairbanks, y al otro lado estaba su nueva representante, Ellen. Este hombre no era otro que el Sr. Albert Cohen, el productor de cine mejor pagado de la ciudad. Y los contratos que Claire firmaba eran para películas de Hollywood de gran presupuesto; algunas de las cuales, por lo que parece, eran candidatas seguras a los premios.

"Déjame decirte que cuando Ellen dijo que tenías un talento natural, al principio me sentí escéptico". El Sr. Cohen dijo. "Pero, después de verle a usted y a su portafolio, soy un creyente. Y pensar que todavía estás en la universidad".

"Bueno, supongo que nací con suerte". Claire dijo que al firmar el último contrato. "Entonces, ¿qué sigue?"

El Sr. Cohen reunió los contratos firmados y los revisó. "Básicamente, te digo cuánto ganas, a qué te da derecho tu contrato, y tus beneficios y cuotas". Empezó a enumerar exactamente lo que dijo, desde los beneficios, a las reglas, a cuánto ganaría Claire como regalía. Al oír la cantidad, casi sintió que no tenía palabras. Nunca esperó ganar tanto. Y por día también, nada menos. Incluso más cuando las películas se proyectaban.

"Eso es mucho". Ella dijo.

"Y te lo mereces". Su representante Ellen dijo. "Eres una sensación certificada". Incluso Randy le tomó la mano y la miró con aprobación. "A partir de ahora, las cosas van a ser mucho mejores para ti."

Y fiel a la palabra de su manager, Claire experimentaría lo que la mayoría de la gente llamaría un cuento de hadas hecho realidad. La llevaban en limusinas y coches caros, cenaba en restaurantes caros y exclusivos, y tenía citas lujosas y exóticas con Randy Fairbanks, que, en ese momento, estaba confirmado que salía con ella. Incluso recibía hermosas joyas, pieles, ropa de diseño, zapatos, bolsos, todo. Era, sin duda, la chica más afortunada de la ciudad. No, del mundo.

Y lo tenía todo. La fama, la fortuna. Las cosas. El hombre. Ella había recorrido un largo camino desde las fiestas de fraternidad, las largas noches y las interminables compras. Demonios, incluso superó su enamoramiento infantil y su ambición de salir con un Madden. ¿Cómo podría un Madden compararse con el prestigio y la notoriedad que tenía Randy Fairbanks? Se deleitaba con la abundancia de todo y por primera vez, quería más. No quería que esto terminara.

Y, aun así, seguía yendo a la universidad. La mayoría de la gente encontraría eso admirable en el repertorio de una naciente estrella. No sólo sería talentosa, sino que también sería considerada un modelo a seguir para mujeres con aspiraciones como ella. Al menos, eso es lo que ella quería que todos los demás pensaran.

Decir que Claire lo hacía por el bien de su imagen sería quedarse corto. Ella quería tener la notoriedad y el prestigio que el viejo Madden había tenido una vez. ¿De qué valía la fama si no podía conquistar ni siquiera la universidad? Incluso si eso significaba quedarse en el mismo dormitorio con una chica sin sentido y poco atractiva como Artemis Rosi.

"Ya sabes, Artemisa." Comenzó untando un poco de crema fría en su cara. "Puedes ser hermosa si sigues mi ahora patentado régimen de belleza".

"Si quisiera parecer una persona con cara de mármol, lo haría." Artemisa dijo sarcásticamente. "Además, sabes que todo el asunto de la belleza está en los ojos del que mira."

"Vamos, Artemisa. No seas tan aguafiestas". Claire dijo. "Eres muy guapa. Oye, eso me da una idea." Se levantó y tomó a Artemisa por la muñeca. "Vas a ser mi nuevo proyecto favorito".

"¿Qué?" Artemisa preguntó en un tono molesto. "Claire, lo siento, pero no soy un proyecto o experimento".

"¿No quieres que Jonathan te invite a salir otra vez?", preguntó en tono burlón. "Me enteré por un pajarito que le gustas mucho. Vamos, Artemisa. Todo el mundo quiere ser como yo. Hermosa. Popular. Deseable".

"No me interesa". Artemisa dijo, poniendo su punto de vista sobre el tema. No es que tuviera curiosidad por saber si lo que dijo Claire era cierto, pero era más bien que no le importaban esas cosas. Decidió cambiar de tema. "Entonces, ¿hablaste con tu amiga sobre su problema?"

"¿Cuál problema?" Claire preguntó. "Oh, te refieres a 'ese problema'." Ella sabía lo que Artemisa estaba preguntando.

Se preguntaba por qué Artemisa estaba preguntando sobre eso. Hace casi dos meses que le contó indirectamente a Artemisa lo que había visto o presenciado. Y gracias al consejo de Artemisa, Claire se había sentido mucho mejor y más productiva que antes.

Alcanzó la mano donde estaba el anillo de rubí, e inconscientemente lo giró alrededor de su dedo. Sin saberlo, había desarrollado el hábito tranquilizador de girar el anillo alrededor de su dedo cada vez que hablaba o pensaba en la Dama. No quería admitirlo ante nadie, ni siquiera ante sí misma. Pero a pesar de tener un aire engreído de confianza y altivez, había una pregunta siniestra que la mantenía constantemente en vilo.

Le pidió a la Dama que le concediera su deseo de fama, fortuna y notoriedad. Pero ni una sola vez consideró lo que la dama quería a cambio, si es que había alguno. Nada era gratis en este mundo, eso era un hecho. Aun así, había pasado un tiempo desde la última vez que tuvo un acercamiento con la Dama.

Tal vez fue la forma tonta de Artemisa de decir que estaba celosa. Ella pensó. Podría ser eso. Después de todo, no había pasado nada malo. Y si esta racha de suerte y fortuna iba a durar, todo lo que tenía que hacer era pensar en eso.

"Eso es bueno". Artemisa respondió. "¿Y está siendo cuidadosa?"

"¿Por qué debería hacerlo?" Claire preguntó, su tono subió un poco. "No me ha pasado nada malo, quiero decir, a ella. Probablemente estaba abrumada".

"Si... 'tu amiga' jugó el juego y convocó a la Dama tal como dijiste, deberías saber que está lidiando con cosas que no podemos controlar." Ella dijo. "Eso solo es aterrador y debe tener cuidado. Tienes que decirle que tenga cuidado".

"Mira, no ha pasado nada hasta ahora." Claire dijo. "Entonces, ella está bien. Ahora..." Se levantó y llevó una toalla para la cara. "Voy a lavarme la cara e ir a una cita con mi novio, Randy". Y caminó al baño y cerró la puerta detrás de ella.

¿Por qué debería tener cuidado? Claire pensó mientras caminaba hacia el lavabo del baño. Miró el reflejo cubierto de crema en el espejo, y abrió el grifo del lavabo para recoger agua en sus manos. "No he visto a la Dama en un tiempo y tal vez no la estaba viendo".

Se echó agua en la cara y se limpió suavemente con su toalla. Tomó otro puñado y se lo estaba echando en la cara cuando de repente sintió que el aire a su alrededor se espesaba.

Sintió una atmósfera extraña y pesada que la envolvía, mientras cerraba los ojos y levantaba la cara para limpiarla. Lentamente, abrió los ojos y jadeó ante lo que vio en el espejo. "No.... no puede ser..." dijo en voz baja, con una punzada de miedo en su tono.

Lo que la miraba directamente no era su reflejo, sino otra cara. Cubierta completamente de blanco con sólo la mitad de la cara visible a través de un velo de aspecto cubierto y rasgado, la mujer tenía ojos tan amarillos como un halcón, y una mirada tan profunda y aterradora, como si fuera la de un depredador acechando a su presa. Claire reconoció este rostro; lo había visto varias veces. Era ella.

"¿Estás contenta?" Escuchó a la mujer hablar bajo el velo cubierto. "¿Has conseguido todo lo que tu corazón deseaba?"

"YO... YO..." Se quedó sin palabras, no sabía qué decir o incluso responder a eso. Estaba petrificada al ver a la Dama mirándola. ¿Se atrevía ella a responder a la Dama? Antes de que pudiera decir algo, la habitación empezó a oscurecerse y a enfriarse. Tan fría que incluso podía ver su propio aliento salir de sus labios.

Se miró al espejo y vio su propio reflejo; sólo que esta vez, se veía distorsionado. Pudo ver que su piel clara se volvía lentamente gris y se arrugaba, como si toda la sangre se drenara de ella.

Sus ojos estaban sin brillo y apagados, y su pelo pendía débilmente en su cuero cabelludo, su brillo disminuía lentamente y se volvía gris con la edad. ¡No podía creerlo! Su reflejo se marchitaba y envejecía con miedo.

De repente vio largos y huesudos dedos arrastrarse lentamente detrás de sus orejas hacia su cabello. Podía sentir cada dedo agarrando su cráneo e instintivamente sintió un par de manos marchitas. Sin querer alarmarse a sí misma y a Artemisa afuera, respiró profundamente y lentamente giró la cabeza para enfrentar lo que estaba detrás de ella.

Podía ver la cabeza cubierta de la Dama detrás de ella, su cara abatida y oscurecida por las capas de la ahora manchada tela blanca. Claire comenzó a soltar respiraciones de pánico, mientras la Dama levantaba lentamente la cabeza para revelar su rostro. Sus ojos se abrieron de par en par con el miedo, ya que ahora podía ver los rasgos de la Dama.

Antes de que Claire pudiera decir algo, la Dama abrió la boca soltando un gruñido gutural y dijo siniestramente. "Vengo otra vez... a tomar mi parte..." Luego soltó un grito sobrenatural que hizo temblar toda la habitación. Claire gritó con total horror mientras los dedos de la Dama se apretaban lentamente en su cuero cabelludo.

"¡NO! ¡NO!" Claire gritó una y otra vez. "¿QUÉ ES LO QUE QUIERES?" Gritó y cerró los ojos. "¿QUÉ QUIERES? ¡¿QUÉ ES LO QUE QUIERES?!"

"¡¿Qué está pasando aquí?!" La puerta del baño se había abierto de golpe y Artemisa entró. "Claire, ¿qué demonios?"

****

Artemisa no era tonta. Ella podía darse cuenta de que había algo molestando a Claire durante el último par de meses. Aunque Claire era capaz de ocultarlo, su compañera de cuarto vio a través de su fachada. Y ahora, sus sospechas se confirmaron totalmente cuando oyó a Claire gritar desde el interior del baño. Artemisa salió corriendo de su silla e intentó abrir la puerta.

Está cerrada. Ella pensó, mientras intentaba abrir la puerta. Siguió escuchando a Claire gritar dentro. "¡Aguanta Claire!" gritó, usando su cuerpo como ariete para abrir la puerta. Luego respiró profundamente y pateó la puerta. Las bisagras se soltaron y Artemis la empujó para abrirla.

"¿Claire?" Llamó, caminando por dentro. Se detuvo y vio a Claire tendida en el suelo, acurrucada en una posición fetal temblorosa. Estaba agarrando su cuero cabelludo y temblando. "Claire, ¿estás bien?" Artemisa preguntó, arrodillándose y poniendo una mano sobre sus hombros. "¿Claire?"

Tan pronto como la mano de Artemisa tocó su hombro, la mirada de Claire se centró en Artemisa y de repente le dio una bofetada. "¡NO ME TOQUES! ¡NO ME TOQUES!" Ella gritó.

"Claire, soy yo. Artemisa". Dijo, sosteniendo a Claire por los hombros. "Cálmate. No pasa nada. Todo está bien." Podía ver la mirada frenética en sus ojos mientras intentaba calmar a Claire. Pero Claire seguía gritando y golpeando el suelo del baño.

Sólo había una cosa que podía hacer. "Vamos Claire, vamos a levantarte y a conseguirte un poco de agua." Dijo mientras ayudaba cuidadosamente a Claire. Sujetándola con ambas manos, Artemisa guio a Claire a su habitación compartida y suavemente la dejó en su cama. Ella se las había arreglado para calmar a Claire e incluso consiguió que bebiera un poco de agua. "¿Te sientes mejor?", preguntó.

Claire asintió débilmente y luego dijo. "Vi... vi..."

"¿Viste qué?" Artemisa preguntó.

Antes de que pudiera decir nada, el teléfono de Claire sonó. Lo cogió e ignorando por completo la pregunta de Artemisa, contestó el teléfono. Su expresión se iluminó inmediatamente como si nada hubiera pasado. Sonrió y colgó. "Ah, no fue nada". Finalmente respondió. "Umm, me pareció ver una ... una cucaracha."

"Eso no sonó como alguien que gritó sólo por una cucaracha". Artemisa dijo. "¿Estás seguro de que estás bien?"

"Sí, estoy bien, gracias". Claire dijo, subiendo un poco el tono. "Mira, voy a llegar tarde a una filmación. Tengo que irme." Claire se vistió rápidamente y salió del dormitorio. Artemisa miró por la ventana mientras Claire caminaba hacia el coche que la esperaba. Se sentó dentro y mientras la puerta se cerraba, Artemisa jadeó ante lo que vio de repente. Cerró la ventana y dio un paso atrás. Cogió su teléfono y llamó a la única persona a la que podía acudir.

"Contesta... contesta... hola, ¿Jonathan? Oye, hola... ummm... Escucha, ¿crees que puedes encontrarte conmigo en mi dormitorio justo ahora? Me estoy cambiando y uh... ¿crees que puedes traer tu scooter? Bueno ... escucha ... um .... no lo vas a creer, pero. "

Respiró profundamente otra vez y dijo. "Creo que vi a la Dama. ¿Dónde? ¿Cómo? No sé cómo, es una larga historia. Pero creo que Claire está en problemas. ¿Por qué digo esto? Vi a la Dama en el auto de Claire".

En una noche normal, Jonathan normalmente la pasaba simplemente quedándose en su habitación y viendo algunos videos en línea. Tal vez jugando un par de juegos o incluso escuchando un poco más de la música de Dave Navarro. Eso o leer algunos libros más de sus autores favoritos y tratar de escribir. Nunca esperó recibir una llamada de Artemisa que sonara bastante frenética. Tampoco esperaba oírla pedirle que fuera a su dormitorio con su scooter.

"¿Por qué me quieres allí?", le decía. "¿Está todo bien?" Él escuchó mientras ella hacía una pausa por teléfono antes de revelar finalmente algo bastante... inusual. "¿Cómo que vio a la Dama?" Preguntó de nuevo mientras sacaba su chaqueta del armario y cogía sus llaves. "¿Qué quieres decir con que 'Claire está en problemas'? Vale, espera. Estaré allí en un rato".

Terminó rápidamente la llamada y se dirigió a la puerta sólo para encontrarse con Dick. "Oye, lo siento, me tengo que ir". Jonathan dijo.

"¿A dónde te diriges, Jonny boy?" Dick preguntó. "No es propio de ti salir de noche".

"Me dirijo a la residencia de Artemisa". Él respondió. "Ahora, vamos hombre. Déjame pasar".

"Aww hombre, lo sabía!" Dick exclamó. "Sabía que te gustaba mucho esa chica. Esta es una clásica llamada para tener sexo".

"Caray, Dick. ¿Por qué tienes que pensar con tu polla?" Jonathan dijo. "Mira, no tengo tiempo para discutir. Tengo que irme. Ahora sal de mi camino." Se apartó de Dick y atravesó la puerta y salió al aparcamiento. Se subió a su scooter y se dirigió rápidamente hacia el dormitorio de las chicas.

Encontró a Artemisa esperando ansiosamente en la acera. Nunca la había visto tan preocupada. "Bien, estoy aquí". Dijo entregándole el casco de repuesto. "¿Qué es lo que te ha irritado?" Artemisa se puso el casco en la cabeza y se puso detrás de Jonathan.

"Tenemos que ir al lugar de rodaje de Claire". Artemisa dijo. "Vamos". Se acercó y sostuvo a Jonathan por la cintura. Jonathan sintió, a falta de una mejor descripción, un cosquilleo y un buen sentimiento cuando Artemisa le sujetó por la cintura. Aceleró su scooter y ambos se apresuraron a lo largo de la transitada calle pasando por varios edificios y tiendas.

"No respondiste a mi pregunta antes". Jonathan dijo mientras llegaban a un semáforo. "¿Qué quieres decir con que viste a la Dama y que Claire está en problemas?"

Artemisa explicó rápidamente lo que Claire le había dicho meses antes. "Dijo que ha estado viendo a la Dama, pero sigue evitándome cuando le pregunto por qué dice esto." Ella dijo. "Entonces, hace sólo unos minutos, empezó a gritar dentro de nuestro baño. Entré y la vi aterrorizada, pero simplemente no quiso hablar del tema."

"Ella está ocultando algo ". Jonathan dijo mientras reanudaban el viaje.

"Y cuando salía, la vi entrar en el coche y vi a una mujer vestida de blanco sentada a su lado en el interior."

"¿Qué?" Jonathan exclamó, deteniendo el scooter abruptamente. "¿Viste a una dama vestida de blanco en su coche? ¿Dices que es la Dama a Caballo? "Artemisa asintió. "Jonathan, tenemos que llegar a la ubicación. Creo que algo malo va a pasar."

"Aguanta". Jonathan aceleró el scooter y como un corredor, se desplazó entre las calles llenas de tráfico. "Puede ser una búsqueda inútil", pensó. Pero no había duda de la mirada en los ojos de Artemisa. Después de todo, había tenido esa mirada cuando vio a la Dama en la biblioteca.

Se acercaron a una manzana que había sido cerrada al público. Este era el lugar de la nueva película de acción que protagonizarían Randy Fairbanks y su novia, la estrella naciente, Claire O' Hara. Jonathan aparcó la moto en un aparcamiento cercano y tanto él como Artemisa se dirigieron hacia el plató. "¿Dónde crees que está Claire?" Artemisa preguntó.

"Lo más probable es que en un remolque o en el set". Jonathan dijo.

"Mira, por ahí". Señaló donde se había reunido una multitud. "Probablemente esté por allí". Caminaron hacia la multitud y después de zigzaguear, se encontraron con un set con barricadas donde el equipo estaba filmando una escena. En el centro estaban las estrellas de la película, Randy y Claire, vestidos con un traje completo. El director estaba ahora gritando instrucciones.

"Bien, Claire. Esta es la escena en la que debes soltar tu arma lentamente y correr hacia sus brazos." Dijo. "¿Está bien?"

Vieron como los dos protagonistas actuaban sus respectivas escenas sin hacer repeticiones. El director pidió un descanso para revisar las imágenes. Jonathan y Artemisa vieron a Claire caminando hacia su tienda. Artemisa llamó rápidamente. "¡Claire! ¡Claire, espera!"

De repente la detuvo un hombre grande y corpulento con una camisa negra. "Vuelva a la línea, señorita". Dijo, señalando donde había una valla con barricadas. "No se permiten civiles".

"Oye amigo, tenemos que hablar con Claire O'Hara". Jonathan dijo. "No queremos ningún problema. Sólo déjanos unos minutos con ella".

" Vuelve a la línea". El hombre repitió, rompiéndose los nudillos de manera amenazante. Jonathan y Artemisa se estremecieron por un momento, pero ambos se mantuvieron firmes.

"Sólo danos diez minutos con ella". Jonathan dijo. "Es importante".

"Sí, te entiendo". El hombre respondió sarcásticamente. "Mira amigo, si quieres conocer a la Srta. O'Hara, tendrás que conseguir un pase VIP. Ahora, piérdete."

"¿Qué está pasando?" Claire había caminado hacia el hombre flanqueado por dos asistentes. "¿Qué pasa con el ruido... Oh, ¿Artemisa y Jonathan? ¿Qué están haciendo aquí?"

"¿Conoce a estos dos, Srta. O'Hara?", preguntó el hombre.

"Sí, son compañeros míos de escuela." Ella respondió.

"Claire, tenemos que hablar contigo". Artemisa dijo. "Es realmente importante".

"Puedes dejarlos pasar, Bob." Claire dijo. "Puedo dedicarle unos quince minutos".

El hombre asintió con la cabeza y gruñó a Jonathan y Artemisa, se hizo a un lado y les lanzó miradas furiosas, mientras permitía que los dos entraran. Artemisa se acercó a Claire y le dijo. "Claire, ¿podemos hablar en privado?"

"Estoy en el descanso y podemos hablar en mi tienda." Ella contestó, sin estar segura de por qué querían hablar con ella. Más importante aún, por qué estaban aquí juntos. Caminaron a su tienda donde Claire era inmediatamente atendida por estilistas y asistentes. "Esto es una sorpresa, ¿por qué están los dos aquí?"

"Claire, tienes que decirnos lo que viste antes". Artemisa dijo, no esperando para andar con rodeos.

"¿De qué estás hablando?" Claire preguntó a la defensiva.

"Artemisa me dice que gritaste como si algo terrible estuviera pasando. "Jonathan dijo. "Y para ser honesto, pareces estar nerviosa."

"¿Nerviosa?", repitió. "¿Qué te hace pensar que estoy nerviosa? Voy a lugares. Estoy en la cima del mundo. Me estoy haciendo famosa."

"Exactamente". Jonathan dijo. "Seamos realistas. ¿No encuentras extraño que todo esto esté sucediendo de manera repentina?"

"Eso significa que tengo un talento natural y que todo va a mi favor." Ella dijo tercamente. Luego los miró con recelo y añadió. "¿De qué se trata, realmente? ¿Estás... celoso? "

"¿Qué?" Los dos repitieron. Claire continuó.

"¿Estás celoso de mi fama? ¿Estás molesto Jonathan porque no estás saliendo conmigo? ¿Es eso? ¿Estás celosa de mi belleza, Artemisa?"

"Dios, eres tan egocéntrica". Artemisa dijo. "¿Qué te hace pensar que estoy celosa de ti?"

"¿Entonces por qué estás aquí, quejándote sobre mi felicidad?"

"Porque está preocupada por ti". Jonathan dijo, subiendo un poco el tono. "ella vio algo extraño con ustedes en el coche hace un rato."

Se detuvo un momento mientras ambos miraban la mirada confusa de Claire. Se preguntó si había hablado demasiado pronto. Tal vez Claire podría pensar que estaban locos.

Claire los miró y comenzó a reírse. "Vaya, ¿viste algo extraño? Qué curioso. Nunca pensé que ustedes fueran bromistas."

"Sólo dinos lo que viste". Jonathan dijo. En ese momento exacto, el director pidió que el reparto volviera a la escena para otro rodaje. Bob, el guardia de seguridad, se acercó a ellos y les dijo. " Srta. O'Hara, están llamando a todos los actores de vuelta. ¿Debo escoltar a estos dos detrás de la línea?"

"Puedes, Bob." Claire dijo. "Acabamos de terminar de hablar por ahora".

"Ya han oído a la señorita. "Bob dijo, poniendo una mano sobre Jonathan y Artemisa. "¡Vámonos!"

"Claire, ¿qué viste exactamente?" Jonathan gritó mientras él y Artemisa eran escoltados fuera de la tienda y de vuelta a la línea.

Claire no miró hacia atrás cuando los maquilladores comenzaron a maquillarla. No entendía por qué tenían que venir hasta aquí para fastidiarla con lo que veía. "¿Por qué deberían saberlo? No fue nada después de todo. Pensó para sí misma, mientras caminaba de regreso al set. Nada en absoluto.

El director vio a través de sus lentes de cine como Claire y Randy actuaron sus partes una vez más. El público que se había reunido detrás del set miró con asombro, como Randy y Claire hicieron una actuación sobresaliente. Y cuando se detuvieron en el medio, Claire pudo oír, aunque a distancia, los "oohs" y "aahs" que venían de la multitud.

Estos eran admiradores que se habían esforzado mucho para verla actuar. Para verla y adorarla. Podía verlos saludándola, gritando su nombre en adoración. Todos los ojos estaban puestos en ella después de todo. Luego vio a Jonathan y Artemisa mirándola con una expresión bastante diferente. ¿Por qué no la admiraban?

"Bien, Claire". La voz del director cortó sus pensamientos. "En esta escena, verás aparecer una forma saliendo de la niebla justo ahí." Señaló el lugar donde varios tramoyistas operaban una máquina de niebla desde detrás de una de las casas. "Debes caminar lentamente hacia ella y gritar el nombre. Ahora alucinarás con la figura de Randy, ¿de acuerdo?"

"Está bien". Asintió con la cabeza mientras caminaba hacia el lugar.

"¡ACCIÓN!" El director llamó. Claire se acercó lentamente al lugar y vio como la niebla comenzó a acumularse lentamente. Esperó a que apareciera la supuesta forma. Podía ver lo que asumía que era la forma a la que tenía que llamar. Respiró profundamente y dijo su línea.

¿"Joe"? ¿Joe eres tú?" Ella corrió hacia la forma. "¿Eres tú, querido?" Empezó a notar que la niebla se hacía cada vez más espesa. "Vaya", pensó. "Los técnicos se están esforzando al máximo con la máquina de niebla. Lentamente, notó que los edificios se desvanecían en la espesa niebla mientras caminaba.

"Vaya, realmente están dando el todo por el todo" Pensó, ocultando el hecho de que se sentía un poco incómoda con la espesa niebla, y la sensación de estar sola. Caminó más allá, aún segura de que todo esto era parte de la escena.

Probablemente conseguir una reacción genuina era lo que el director quería. Ella pensó. Siguió caminando hasta que su pie golpeó algo y se tropezó con la calle. "¡Ay!", exclamó mientras su piel rozaba el áspero camino asfaltado. "¡Oh, Dios mío! ¡Dios! Lo siento, Director." Llamó, mirando por encima del hombro vio que no podía ver ni al director, ni al personal ni al equipo.

Se sentó derecha y se miró la rodilla. Tenía un moretón muy grande y feo en la rodilla. "Grande". Murmuró. "Esto es genial. ¿Hola?" Ella llamó de nuevo. ¿"Ellen"? ¿Directora? ¿Seguimos rodando?"

Silencio. De repente sintió que el aire se volvía frío y denso, y la sensación de estar sola empezaba a penetrar lentamente. El director realmente quiere que actúe, pensó. No es gracioso. De repente, escuchó el sonido de las campanas en el aire y el familiar sonido de los cascos trotando hacia adelante. Recordó este sonido y vio que la niebla se alejaba lentamente. ¡Jadeó horrorizada cuando se encontró en el centro de la encrucijada!

¿Cómo es posible que terminara en la encrucijada? Miró a su alrededor y vio que aún estaba cubierta por la misma niebla de aquella noche. No había edificios o tiendas o incluso simples sonidos. Excepto por el tintineo de las campanas y los cascos que se acercaban. Entonces vio la forma de la Dama a Caballo aparecer ante ella. Pero había algo diferente en la Dama y su caballo. Algo que encontró... completamente aterrador.

El gran caballo blanco que una vez fue tan puro y majestuoso ahora tenía ojos amenazantes de color rojo oscuro y parecía ligeramente demacrado; sus otrora hermoso pelo blanco y rubio se veía débil y apenas pendía de su cabeza. La fina silla de montar con joyas parecía ahora marchita y tenía algunas joyas arrancadas. La propia Dama estaba ahora vestida con sucias túnicas blancas con jirones en los bordes. Sus pies y manos eran ahora huesudos, con la piel ligeramente gris y estirada. Su cara aún estaba cubierta por un velo, pero en lugar de unos hermosos ojos amarillos ámbar, se veían ojos rojos e inyectados de sangre bajo las capas de tela. Claire dio un paso atrás cuando la Dama se acercó. "¿Estás satisfecha?" La Dama preguntó en voz baja y etérea. "Ahora eres famosa y ahora todos sabrán tu nombre..."

"Sí. Pero quiero más." Claire dijo. "Quiero que me amen y me adoren. Lo quiero todo..."

La Dama a Caballo comenzó a acercarse y Claire retrocedió lentamente. La Dama extendió su mano y dijo. "He venido por lo que me corresponde. El anillo... y.... tú."

¿Tú? ¿Qué quiso decir con eso? ¿Quiso decir... yo!? ¡¿Vino... a llevarme?! Claire sintió repentinamente que su corazón latía rápidamente cuando se puso en marcha y salió corriendo. Miró por encima del hombro y escuchó el sonido galopante de los cascos del caballo que venían detrás de ella, la Dama cabalgaba furiosa e intensamente. El viento comenzó a quitarle los velos de su cabeza y Claire pudo ver por fin el enigmático rostro de la jinete.

Nunca había visto un rostro tan aterrador. ¡Esquelético y grotesco! Claire siguió corriendo y corriendo sin importarle el mundo al que se dirigía. Sólo quería alejarse de la Dama. Miraba el anillo rojo en su dedo e intentaba desesperadamente sacarlo. Pero por alguna razón, estaba atascado en su dedo. Mientras corría, empezó a recordar exactamente lo que Artemis había dicho hace unos meses.

"Nada es gratis. Todo tiene un precio". Ella tropezaba y se arrastraba por el suelo a medida que la Dama se acercaba más y más.

Se detuvo en medio de la carretera e intentó frenéticamente sacarse el anillo del dedo. Vio a la Dama a Caballo detenerse a unos metros de ella. Claire miró hacia arriba y gritó.

"¿QUÉ HACER? ¿¡QUE QUIERES DE MÍ!?"

La Dama la miró y respondió. "El pago por tu deseo".

"Puedo pagarte". Claire dijo. "Di tu precio. Yo puedo permitírmelo".

La Dama la miró fijamente y en voz baja, pero respondió de manera ominosa. "No puedes ponerle precio a tu alma..."

En ese momento, Claire escuchó las voces de Artemisa y Jonathan llamándola. Miró en la dirección de sus voces y vio dos brillantes orbes de luz que venían hacia ella a un ritmo increíble.

"¡CLAIRE, CUIDADO! ¡SAL DE LA CARRETERA!" Fueron las últimas palabras que Claire O'Hara escuchó, cuando una carga la golpeó y su cuerpo cayó inerte contra la carretera de asfalto.

La niebla se disipó lentamente y Claire pudo ver a la multitud reunida detrás de varios miembros del equipo de seguridad de la película mientras la gente gritaba y entraba en pánico. Podía ver su mano coja y rígida delante de ella; el anillo de rubíes había desaparecido por completo. Lentamente, cerró los ojos y soltó su último aliento de vida.

Jonathan y Artemis fueron empujados hacia la multitud por Bob el guardia de seguridad. Iban a filmar la escena crucial en la que el personaje de Claire corre hacia la niebla, dijo el equipo a la multitud. Jonathan y Artemis vieron como Claire caminaba hacia la silla del director y recibía sus instrucciones. Ella entonces caminaría hacia la escena cubierta por la niebla y actuaría su papel.

La vieron actuar. "Era muy buena", pensó. "Tengo que reconocerlo".

Le susurró a Artemisa. "Si no fuese tan egocéntrica, sería realmente buena".

"Todavía siento que algo no está bien". Artemisa le susurró. "Puedo verlo en sus ojos".

Luego escucharon al director llamar a Claire para que se moviera. Pero parecía que Claire estaba demasiado lejos. Qué extraño. Jonathan pensó. ¿Por qué Claire no se movía ni escuchaba?

Para sorpresa de la multitud, empezaron a ver a Claire caminando de un lado a otro en la niebla y murmurando y murmurando para sí misma. La vieron tropezar y caer al suelo y arrastrarse y levantarse. ¿Era eso parte del guion? ¿O estaba improvisando?

Jonathan se dio cuenta de lo espesa que se había vuelto la niebla. Se dio cuenta de los guardias de seguridad que miraban y ellos también, parecían impresionados y confundidos. Luego escuchó a un miembro del equipo de filmación susurrar a otro miembro. "¿Soy yo o la niebla es demasiado espesa?"

"Sí, yo también lo pensé. ¿Cambió el Director de opinión sobre el espesor de la niebla?"

"De cualquier manera, eso no me parece natural".

"No parece natural". Repitió la frase en su mente mientras miraba la cara de Artemisa. Ella también lo había notado y como Jonathan, sintió que algo estaba mal. De repente escucharon a Claire gritando en la niebla. No sonaba como un grito ensayado. La plantilla comenzó a maravillarse de lo realista que sonaba. Pero de alguna manera, no se sentía bien.

Entonces vieron a Claire corriendo frenéticamente hacia la multitud con una mirada frenética y desconcertada en sus ojos. La vieron mirando por encima del hombro mientras buscaba un anillo en su dedo. "¿Qué le pasa?" Escucharon al director. "¡Eso no está en el guion!"

Randy había salido de su tienda y vio a Claire corriendo frenéticamente y arrastrándose por el suelo como si tratara de escapar de algo. "Claire". Dijo, corriendo hacia ella y sosteniéndola por los hombros. "¿Qué es? ¿Qué es lo que pasa?"

Se encontró con un grito gutural y rugiente, y una mirada frenética de miedo en sus ojos mientras lo empujaba y corría entre la multitud. Los guardias de seguridad trataron de detenerla, pero ella también se las arregló para empujarlos.

Agarrando su mano, Jonathan y Artemis maniobraron entre la multitud ahora presa del pánico e intentaron alcanzarla. "¿Qué le está pasando?" Artemisa preguntó.

"No estoy segura". Jonathan dijo. "Pero parece asustada. Como si algo viniera a por ella". Corrieron detrás de ella. Se dieron cuenta de que estaba muy asustada y de repente se dieron cuenta de adónde se dirigía. Salía de la cuadra cerrada y se dirigía a las calles. "¡CLAIRE! ¡CLAIRE! ¡CLAIRE!" Artemisa llamó. "CLAIRE DETENTE ¡DÉJANOS AYUDARTE!"

La oyeron entrar en pánico y gritar. "¿QUÉ QUIERES DE MÍ? ¡PUEDO PAGARTE!" ¿Pagarte? ¿Qué quiso decir con eso? Jonathan se preguntaba. Podía oír a la multitud que le seguía, como si quisiera ver hacia dónde se dirigía Claire. Finalmente se detuvieron al ver a Claire parada en medio del camino, murmurando frenéticamente. "Puedo pagar... di tu precio..."

"¡Claire!" Jonathan llamó. "¡Claire!"

De repente escucharon el sonido de la bocina de un camión acercándose a ella y tanto Artemisa como Jonathan gritaron. "¡CLAIRE, CUIDADO, SAL DE LA CARRETERA!" Intentaron sacarla del camino, pero era demasiado tarde. El camión había atropellado a Claire en un instante, arrojando su cuerpo al aire y dejándolo caer cojeando a la calle.

Artemisa jadeó horrorizada mientras Jonathan le cubría los ojos al ver el impacto. Podían ver a la multitud reuniéndose lentamente alrededor, y había sonidos de pánico y gritos que resonaban por toda la calle. "¿Cómo pudo haber pasado esto? Jonathan pensó. Miró a la multitud y al cuerpo sin vida de Claire, antes de ver de repente algo... verdaderamente extraño.

"Artemisa". Dijo en un susurro bajo. "Mira". Hizo un gesto al otro lado de la calle. Artemisa miró hacia arriba y vio hacia donde estaba apuntando. Ella jadeó.

"Artemisa". Dijo en un susurro bajo. "Mira". Hizo un gesto al otro lado de la calle. Artemisa miró hacia arriba y vio hacia donde estaba apuntando. Ella jadeó.

Al otro lado de la calle estaba la débil y destrozada figura de Claire O' Hara, sus ojos se veían desesperados y en total desesperación; llevaba su vestido manchado de sangre. A su lado había un gran caballo blanco espectral que era majestuoso y hermoso. Sentada a horcajadas sobre el caballo había una dama vestida con capas de hermosa y suave seda blanca con adornos de oro y joyas. Su cara estaba cubierta con un velo, excepto por sus ojos, que eran de un hermoso amarillo ámbar. En sus pies había campanas pegadas a sus zapatos y tobilleras y en sus dedos había numerosos anillos; uno de ellos era el anillo de rubí que tenía Claire.

Jonathan y Artemis no podían creer lo que estaban viendo; era la Dama a Caballo. La Dama entonces hizo girar las riendas del hocico de su caballo y comenzó a cabalgar suavemente con Claire caminando a remolque, una mirada de pena mientras la seguía.

Miró por última vez a Jonathan y Artemisa y comenzó a pronunciar las palabras. "Ayúdenme..." antes de que ella y la Dama desaparecieran en la niebla.

"¿Qué... qué acabamos de ver?" Preguntó Artemisa, tartamudeando con total incredulidad.

"YO... YO... YO..." Por primera vez, Jonathan no sabía cómo responder. "Yo... yo... no sé". Tartamudeaba. "Pero... no creo que esto sea el final..."